UNE VIE INUTILE

Roman

Docteur Nullité, Leméac, 2007.

Simon Paquet

UNE VIE INUTILE

roman

HÉLIOTROPE

Héliotrope
4067, boulevard Saint-Laurent
Atelier 400
Montréal, Québec
H2W 1Y7
www.editionsheliotrope.com

Maquette de couverture et photographie: Antoine Fortin
Maquette intérieure et mise en page: Yolande Martel

*Catalogage avant publication de Bibliothèque et Archives nationales
du Québec et Bibliothèque et Archives Canada*

Paquet, Simon

    Une vie inutile

    ISBN 978-2-923511-24-5

    I. Titre.

PS8631.A674V53 2010   C843'.6   C2010-941929-4
PS9631.A674V53 2010

Dépôt légal: 4ᵉ trimestre 2010
Bibliothèque et Archives nationales du Québec
© Héliotrope, 2010

Les Éditions Héliotrope remercient de leur soutien financier le Conseil
des Arts du Canada et la Société de développement des entreprises
culturelles du Québec (SODEC).
Les Éditions Héliotrope bénéficient du Programme de crédit d'impôt
pour l'édition de livres du gouvernement du Québec, géré par la SODEC.

IMPRIMÉ AU CANADA EN OCTOBRE 2010

*Lorsque plus rien ne va, le mieux
est d'opérer dans sa vie un virage
à trois cent soixante degrés.*

Un camion est stationné depuis une semaine devant l'unique fenêtre de mon demi-sous-sol. La parcelle de soleil qui se profile, vers le milieu de l'après-midi, entre les immeubles de l'autre côté de la rue, et qui vient égayer mon logement pendant une petite heure de sa mince strie vaguement luminescente, est donc arrêtée net par ledit véhicule.

De toute façon, la fenêtre qui donne directement sur la rue est si sale, à cause des voitures qui l'éclaboussent gaiement les jours de pluie, qu'elle est pour ainsi dire inutile.

J'habite un appartement minuscule.

J'ai essayé plusieurs dispositions, rien à faire, cette unique pièce ne souffre aucune autre configuration que celle-ci : la causeuse placée directement devant la cuisinière et le réfrigérateur (impossible de la disposer autrement, vu le placard construit pratiquement en plein milieu de l'appartement), le meuble télé (malgré que je n'aie pas de télé) servant de table à dîner et de table de chevet, enfin l'unique étagère (contenant brosse à dents, livres, cafetière, outils, biscottes, ce genre de choses) au-dessus de l'évier. Le lit étant constitué de la causeuse, devant laquelle j'installe le pouf et une poche de linge sale, hop, bonne nuit (et bon lumbago).

Le tout est situé dans un ensemble d'immeubles identiques et grisâtres le long d'une voie ferrée, en périphérie de la ville.

Ce logement était jadis un débarras, m'a dit la concierge lorsque j'ai emménagé. Elle était bien contente de l'avoir enfin loué.

C'est un « bon débarras », avait-elle ajouté en éclatant d'un rire gras.

Je ne peux recevoir personne dans cet endroit.

De toute manière, la concierge l'interdit. Une affichette est installée à l'entrée de l'immeuble, avec dessus une silhouette dessinée, barrée d'un gros X et la charmante mention « Pas de visites ».

Décrépits, ces immeubles tombent en ruine. À travers les murs en carton, j'ai encore entendu, tout à l'heure, la concierge parler de moi comme de « l'affligeant divorcé dans le minable taudis ».

D'accord pour le taudis, mais pas pour le divorce. Je n'ai jamais été marié. Et si tel était le cas, je ne serais probablement pas en train de m'épancher dans ce stupide journal.

Le taudis, donc.

J'avais trouvé ce logement il y a quelques années, alors que j'étais sans le sou et que je venais de perdre mon emploi. Je m'étais bien promis de ne rester dans ce trou que le temps nécessaire pour me trouver quelque chose de convenable.

Pourtant, au premier abord, j'avais été plutôt charmé par l'endroit, qui se nommait et se nomme encore (et on parle ici d'un vulgaire et insalubre rectangle de béton, affublé d'une piscine marécageuse, vestige des années soixante) Le Voltaire.

Il faut cultiver son jardin, certes, comme l'a écrit celui-ci. Il est vrai qu'il n'a rien mentionné à propos de sa piscine.

*

Mon enfance a été on ne peut plus ordinaire. Je n'étais ni turbulent, ni bon élève, ni cancre, ni quoi que ce soit.

Souvent, les instituteurs ne se rendaient compte de mon existence que le tout dernier jour de classe, lorsque je leur donnais le cadeau de ma mère pour les remercier de ne pas m'avoir complètement oublié, une babiole sans intérêt qu'ils contemplaient avec effarement.

Je n'ai jamais fait fumer de grenouille ni attrapé aucun papillon dans un filet. Je n'ai pas eu de cabane dans un arbre, bien qu'une fois j'aie essayé d'en construire une, mais celle-ci s'est effondrée lorsqu'un petit camarade du quartier est venu me rejoindre.

Existe-t-il véritablement quelque part une cabane construite par un enfant qui soit encore debout?

J'aimerais écrire ici d'estivales épopées en une maison de campagne mirifique, avec courses dans les champs et rires éperdus dans les marguerites, mais tel ne fut jamais le cas.

Les gens ont souvent tendance à magnifier les souvenirs. Le rutilant domaine dans un arbre, avec passerelles et sarbacanes sur les remparts, n'est probablement qu'une bringuebalante cabane sur le point de s'écrouler.

Des « étés complets à jouer au cow-boy et à cueillir des bleuets par milliers » se révèlent être dans les faits un après-midi pluvieux où l'on a acheté un casseau de fruits pourris.

Voilà ce qui se cache, en vérité, derrière ces récits épiques.

Ma mère m'a nommé Normand, en l'honneur d'Aznavour (elle n'a jamais été très bonne dans les noms). Bien qu'elle se soit un jour rendu compte de sa méprise, elle n'a jamais voulu l'avouer.

Alors que je rumine tout ceci et tends la main vers mon cahier de notes, le réveille-matin sonne. Cette appellation n'est peut-être pas la plus appropriée pour ce diabolique objet de plastique bon marché, puisqu'il est huit heures du soir.

Je dois me lever.

Je travaille pour Cyanibec, une entreprise dont vous voyez souvent les publicités (à moins que vous ne lisiez pas *Euthanasie Aujourd'hui*). Je n'y ai pas un emploi régulier : on m'appelle toujours à la dernière minute, et je dois accepter les heures qu'on me propose sous peine de rétrogradation dans la liste.

Cyanibec fabrique du cyanure de potassium, produit létal destiné au marché de l'euthanasie (chevaux de course blessés, lapins atteints de maladie, rongeurs malveillants, etc.), et de façon indirecte au marché noir de l'empoisonnement. Une goutte de cette substance dans le thé de quelqu'un, et celui-ci s'effondre raide mort, pris de convulsion (dans cet ordre). Agatha Christie utilisait invariablement ce produit pour achever ses personnages (je crois avoir lu quelque part que son traducteur, exaspéré, tenta à plusieurs reprises d'en mettre dans la tasse de l'auteure).

Je me demande souvent, en marchant vers le travail : une énorme usine est-elle réellement nécessaire pour fabriquer ce produit si dangereusement mortel ?

Si le sujet intéresse quelqu'un, des formulaires de candidature, pour un emploi de nuit et sur appel, sont disponibles à l'entrée, à côté du local de décontamination.

Tous les jours, je dois faire une heure quarante-cinq de trajet pour me rendre au travail.

D'abord marcher vingt minutes pour aller prendre l'autobus, qui invariablement est plus que bondé, puis jouer du coude et du genou pour parvenir à m'y faufiler. Ensuite, prendre le train de banlieue vers la ville, où se joue le même scénario que dans l'autobus, avec la variante du visage écrabouillé contre la vitre du wagon.

Puis, la valse recommence : métro, deux correspondances, tourniquets engorgés, bousculades, quais saturés, empoignades, cris, encore un autre autobus et, après quarante-cinq minutes supplémentaires de trajet, je descends à un arrêt perdu, le long d'une autoroute, d'où je dois marcher longuement vers ma destination ultime, l'affriolante usine.

Tout cela, évidemment, quand je ne manque pas l'un de ces moyens de transport, ou que, malgré mes efforts désespérés, aucune place ne s'y libère.

Margaret Thatcher a dit un jour qu'un homme de plus de vingt-cinq ans qui se déplaçait en autobus était un raté.

Je ne peux m'empêcher de penser à cela chaque fois que je descends de l'autobus, à la queue leu leu avec les autres ouvriers.

J'ai trouvé ce travail il y a quelques années, alors que j'étais sans le sou et que je venais de perdre mon logement. Je m'étais bien promis…

En fait, je ne m'étais rien promis du tout.

Je tâche depuis longtemps de ne plus rien me promettre, ainsi je cours moins de chances de me décevoir.

Ce travail, c'est un ancien camarade de classe, conducteur de corbillard, à qui je le dois. Il m'avait recommandé au directeur de l'endroit, un ami à lui. Je me suis déjà demandé si le fait que le camarade en question conduisait un corbillard était fortuit.

J'ai entamé l'écriture de ce journal pour tenter de me remonter le moral, de mettre un peu de gaieté dans ma vie. Si tant est qu'on puisse exulter en écrivant.

Alphonse Daudet a-t-il véritablement exulté avec son *Petit Chose* ? Si oui, il est bien le seul.

Romain Gary, lui, a-t-il exulté en écrivant son œuvre ? Si tel était le cas, il ne se serait probablement pas tiré une balle dans la tête.

*

J'ai reçu un coup de téléphone aujourd'hui.

Un homme, qui voulait parler à la gouvernante de la maison.

Je lui ai répliqué qu'elle n'était pas là, mais que le majordome et le valet de pied étaient disponibles.

J'aime bien me payer la tête des vendeurs.

Celui-ci a tout de même répliqué que le valet de pied ferait l'affaire, et il a réussi à me vendre un nettoyage de tapis.

Le laveur de tapis est arrivé le lendemain après que je l'ai attendu tout l'après-midi.

Je l'ai vertement sermonné : « J'ai des choses à faire, je suis resté à vous attendre, vous savez. »

M'a répondu que la concierge de l'immeuble avait dit que je ne sortais jamais de chez moi, que j'étais divorcé, et que mon tapis était trop sale pour le laver de toute manière, mieux valait le changer, mais que je devrais néanmoins le payer.

Je déteste perdre mon temps, même si je n'ai, comme le laveur de tapis me l'a si bien expliqué, strictement rien à faire.

Je serais en fait le parfait prisonnier. J'ai souvent réfléchi à la possibilité de mettre cela à profit en purgeant, moyennant rétribution, la peine de prison de certains.

Au chaud dans ma cellule, sans loyer à payer, sans usine, nourri, blanchi, je n'aurais plus à ruminer que l'essentiel. Ce qui serait déjà énorme.

Quoi qu'il en soit, je n'entrevoyais pas mon avenir ainsi.

Je serais physicien, jongleur ou astronaute, qu'importe.

J'aurais une vie exceptionnelle, des voyages, des aventures, des courses-poursuites, des crocodiles.

Rien de tout cela dans mon petit logis. Il serait en effet difficile, entre la causeuse et l'évier, d'y entreprendre une poursuite. Sauf peut-être contre le propriétaire, pour insalubrité.

Parfois, néanmoins, j'estime avoir de la chance de vivre dans mon demi-sous-sol. Un collègue me parle souvent de son logement à lui.

Son teint cireux, ses yeux caverneux, au sortir d'une cuve de cyanure, me font frémir quand, au milieu de la nuit, je me crois seul dans l'usine.

Povilas, il s'appelle.

Il habite un hangar sans fenêtre et à demi abandonné, situé à l'arrière d'un appartement.

Il voit ma situation comme le pays de l'arc-en-ciel.

*

Un vieillard m'a bousculé aujourd'hui au comptoir du marché.

Plus on prend de l'âge, moins on a de temps à perdre. Alors on dépasse dans les files, on ne dit pas bonjour, on vient porter en vitesse un cadeau à la fête du petit-fils.

Voilà pourquoi les centenaires font la sourde oreille et évitent la conversation. Ils n'ont plus guère de temps, alors le perdre avec vous et moi, non merci. « Ôtez-vous de mon chemin, avant que je vous rende l'âme dans la figure. »

Quatre heures quinze du matin.

Comme je me suis assoupi hier soir vers les neuf heures « pour une petite sieste », je n'ai plus sommeil.

Le soleil n'est pas levé encore.

Je me lève, mange un bol de purée.

Je ne sais comment m'occuper. S'il pouvait être plus tard, aussi.

Puis, je réfléchis : même s'il était midi, je ne saurais pas davantage quoi faire.

Un conseil : n'écoutez pas ceux qui vous affirment que la vie est courte.

Oh non.

La vie est longue, interminable.

*

Je crois être de la dernière génération à avoir entendu des choses comme « Mironton, mironton, mirontaine ».

Me suis entretenu aujourd'hui avec mes deux petits neveux et leur ai parlé de ces fameux « Mironton, mironton, mirontaine ».

M'ont indiqué sèchement qu'ils ne comprenaient rien à ce langage.

Pas étonnant de leur part.

J'ai souvent la garde de mes deux neveux, les fois où ma sœur a ses cours d'aérobie, de Feng Shui et de Dieu sait quoi d'autre, ou que son mari ne peut plus supporter les cris des enfants.

On m'invente alors laborieusement une excuse pour s'en débarrasser, l'espace de quelques heures. Ma sœur et son mari ont une vie extrêmement remplie et me considèrent comme leur nounou.

Leurs deux enfants sont âgés de cinq et six ans. Un garçon et une fille. Dire ici leur nom serait inutile : personne ne s'en souviendrait dans une semaine.

J'ai consenti à les garder, mais à une condition, seulement le jour où ils seront en mesure d'attraper une balle.

Je ne tiens pas à aller chercher balles et ballons dans tous les coins alors que ma vie est déjà un échec.

Un jour, ma sœur a donc sonné à ma porte, ses deux enfants sous le bras. Quelques remarques désobligeantes sur le logement puis, dans le couloir de l'immeuble, elle leur a lancé une balle en leur demandant fermement de l'attraper. Ce qu'ils firent avec difficulté. Elle s'écria alors : « Tu vois, ils sont capables d'attraper la balle. Maintenant, plus d'excuse. Nous partons en amoureux, pour la journée. *Adios !* »

Oh, ça n'allait pas se passer ainsi.

« Ils ne l'ont attrapée qu'une fois, la balle ! Qu'est-ce qui me prouve qu'ils sont en mesure de… Et puis, je n'ai droit à aucune visite ! » ai-je tenté en lui indiquant l'affichette du doigt.

Mais elle était déjà partie.

Ainsi a commencé la saga du gardiennage, avec deux enfants qui ne sont pas les miens et dont je n'ai hérité que des désagréments.

★

Obtenu un entretien d'embauche qui pourrait me permettre de quitter ce boulot de merde.

À l'entrevue, je traînais encore, malheureusement, un lamentable hoquet dont je n'avais su me défaire.

Qui donnerait un poste à un individu incapable de se débarrasser d'un hoquet quand il le faut?

Personne, semble-t-il, la porte m'ayant été désignée avant que j'eusse pu dire le moindre mot.

*

Vendredi soir.

J'aimerais sortir, du moins aller me promener un peu, mais la semaine dernière, j'ai par le fait même manqué le coup de téléphone de Povilas qui m'invitait à aller boire un verre.

Dans un trou sans nom, mais peu importe.

Le degré de sophistication de l'appellation d'un débit de boissons est inversement proportionnel à son standing.

Je fréquente de temps à autre un endroit minable appelé le Ritz. Alors que pour les occasions spéciales, on me traîne parfois, bien malgré moi et mon budget limité, aux fins restaurants La Queue de Truie ou La Grosse Bougresse.

Telles sont, si je comprends bien, les nouvelles conventions du monde de la restauration.

Sinon, j'ai mes quartiers dans un petit comptoir non loin de la maison, le Café de Paris.

Ça ne prend décidément pas grand-chose pour s'affubler d'un tel nom, semble-t-il. Une distributrice à café, une table bancale, deux ou trois sandwiches.

Quelle insulte pour cette ville, qui ne compte probablement aucun Café de Paris. Et si oui, ce n'est certainement pas un endroit miteux servant des pointes de pizza desséchées.

Un an déjà que je fréquente cet endroit.

Quand on commence à être un habitué d'un restaurant, on nous reconnaît, on sait tout de suite ce qu'on va prendre.

Ça, c'est pour les gens normaux.

Moi, après tout ce temps, la serveuse ne me reconnaît toujours pas, même qu'elle croit encore que je suis le nouveau livreur de patates qui attend de se faire payer.

Pour toutes ces raisons et d'autres encore, quand on vit seul, dans un demi-sous-sol, notre meilleur ami est un ouvre-boîte.

*

Hier, je suis allé aux pommes avec les enfants de ma sœur, que je gardais de force pour la journée. Elle avait au moins eu la gentillesse de me prêter une de leurs voitures.

Très exténuant toute cette histoire de pommes. Je rêve de vergers où la cueillette se ferait en voiture, enfants bâillonnés derrière, mains tendues hors de la fenêtre dans la fumée du véhicule avançant rapidement d'arbre en arbre, non sans heurter un ou deux préposés au passage.

À un moment, il s'est mis à pleuvoir et nous sommes rentrés en ville. Lorsque dans le rétroviseur j'ai aperçu des gyrophares, je me suis souvenu que mon permis était périmé depuis au moins cinq ans.

Les explications fournies aux policiers ne les ont pas convaincus de ne pas emmener les neveux dans l'auto-patrouille et de me laisser seul sur le bord de la route.

Le soir, ma sœur m'a insulté crûment, a juré ses grands dieux que plus jamais elle ne me parlerait, même si elle n'avait jamais vu ses enfants aussi ravis que depuis leur retour de la balade avec les policiers.

Pour finir, je l'ai entendue leur crier que non, ce ne seraient pas les agents qui les emmèneraient en balade le mardi suivant, mais leur méchant, méchant oncle.

*

Le propriétaire de mon immeuble, m'explique la concierge, refuse de louer à l'année. C'est moins compliqué, selon elle.

— Comme ça, vous pouvez partir quand vous voulez ! La terre vous appartient !

Les Pyramides, le Taj Mahal.

À moi.

J'ai l'impression de dormir à l'hôtel. Ou plutôt au motel.

Il faudrait que j'achète des rideaux.

D'un autre côté, si j'en installais, je n'aurais plus aucune lumière.

Ce qui est déjà le cas à cause du camion stationné juste en face, tel le Sphinx devant les Pyramides (qui, selon la concierge, m'attendent patiemment), et qui obstrue complètement le minable panorama qui s'offre à mes yeux endormis.

Vivre dans un demi-sous-sol sans rideaux fait de vous une bête en cage que les passants peuvent admirer à loisir.

Si j'étais cynique, je ferais installer une grosse roue pour hamster dans ma cage, et ferais payer les gens pour me regarder tourner. Au moins, de cette façon, pourrais-je rentabiliser cette navrante résidence.

Mon logement n'était pas fait, à la base, pour être habité, comme me le répète souvent la concierge. Les commodités de l'endroit ne sont pas conçues pour cela. « Vous pouvez accrocher vos serviettes de bain sur les tuyaux du plafond, mais n'allez pas me les rouiller, ou je vous les facturerai. »

J'ai tenté de donner un aspect guilleret à l'endroit : peine perdue, ça reste un nid à punaises, un entrepôt, un cloaque.

Les plantes, malgré les bons soins et l'amour que je leur prodigue, y périssent les unes après les autres. Il semble qu'elles préfèrent la mort à ma compagnie.

Je n'en achète plus.

L'endroit est si déprimant que même si la chose était permise, je préférerais ne jamais inviter personne.

Voici néanmoins ce à quoi ressembleraient les indications que je donnerais à la personne qui insisterait pour venir me rendre visite : « Après l'entrée principale, descendez quelques marches, vous vous retrouverez alors dans un corridor aux plafonds bas garnis de tuyaux frétillants, ne faites pas attention aux bruits inquiétants de ces derniers, traversez la pièce des machines et le débarras, enfin, si vous n'avez pas rebroussé chemin, vous apercevrez une porte, fermée, un peu moins grande qu'une porte normale (attention à la tête), et voilà, vous êtes arrivé. »

En effet, la porte d'entrée de mon logis est terriblement basse. Je ne compte plus le nombre de fois où je me suis cogné le front sur son cadre.

« Pour ranger les tondeuses et les pelles, pas besoin d'une grosse porte, voyons », m'avait aboyé la concierge.

Le plafond à l'intérieur, lui, bien que bas, reste d'une hauteur raisonnable, mais pour y inviter des gens, ce n'est pas tout à fait la salle des banquets du château de Windsor.

Et puis, le logement est si minuscule, qu'en excluant les meubles, j'ai une surface de plancher d'à peine quelques mètres. Non seulement les ducs, princes et autres têtes couronnées se cogneraient-ils celles-ci au plafond, mais ils devraient danser la valse dans le couloir de l'édifice.

Je ne croyais pas rester là si longtemps.

Je n'ai donc jamais pris le temps de défaire mes boîtes. Dix ans maintenant que j'y habite, parmi les sacs de vêtements et mes effets empaquetés dans des boîtes en carton portant encore l'inscription «salon», «chambre à coucher», ou encore «à déballer en premier».

J'attends que le téléphone sonne. Travail, famille, amis, n'importe quoi qui pourrait me sortir de ma torpeur.

*

Restaurant bas de gamme.
Des gens entrent. J'entends leurs exclamations:
— Ah, il y a du monde!

Mais en fait, ce n'est que moi, avec mes problèmes.

Souper de frites tièdes et hot-dog. Mon voisin de table a droit à un cornichon. Quelle est cette mystérieuse règle? Si j'ai bien compris, avec un *smoked meat* et un club sandwich, ils en mettent un. Mais pas avec un hamburger ou un hot-dog, ah non, voyons.

Peut-être n'est-ce qu'à la tête du client qu'ils décident.

J'avale ma pitance et retourne me coucher, n'ayant rien de mieux à faire de toute façon.

NOVEMBRE

Lors du premier épisode de la dixième saison du *soap opera Dallas*, on apprit que toute la saison précédente n'avait été, en fait, qu'un long rêve imaginé par l'un des personnages.

Un nombre incalculable de plaintes téléphoniques furent enregistrées, provenant de téléspectateurs en colère contre les auteurs de la série : ils leur avaient fait perdre leur temps, et ils avaient écouté tout cela pour rien.

Il est étrange de voir à quel point la notion de perte de temps et d'inutilité dépend de chacun.

Les concepteurs de la série n'étaient certainement pas responsables de la vacuité de la vie de tous ces téléspectateurs.

Personne n'est responsable des autres.

Il appartient à chacun de donner un non-sens à sa vie.

*

À mon retour de l'usine, le camion de la compagnie de couvreurs, dont l'odeur de goudron imprègne absolument tout dans le logement, est encore devant ma fenêtre.

Au moins je n'ai pas de problème de rats.

On dit que les rats fuient toujours en direction opposée d'une catastrophe.

Comme des tondeuses et des coupe-herbe étaient entreposés dans mon appartement, ma chambrette devrais-je dire, il y règne encore des effluves d'essence, même si l'endroit a été complètement stérilisé et dératisé, comme on me l'a spécifié quand je l'ai loué. Invitant. Essence et goudron sont donc les délicieux parfums qui viennent caresser mes narines dès le lever.

Mon logement est situé juste à côté de la salle de lavage de l'immeuble.

Les locataires qui viennent faire leur lessive passent tous bruyamment devant ma porte et s'affairent derrière le mur de ma chambre fait de contreplaqué cartonné, souvent la famille entière, devisant gaiement, attendant que leur lessive soit finie, alors que je tente lamentablement de trouver le sommeil en plein jour après ma nuit à l'usine toxique.

Au-dessus de ma tête, au rez-de-chaussée, se trouve une garderie municipale pouvant accueillir une cinquantaine d'enfants et leurs centaines de jouets tous plus lourds les uns que les autres.

Le lever de la sieste est le pire moment. Un jour, alors que je dormais à poings fermés, j'ai été réveillé par un tel tintamarre que j'ai cru que l'immeuble avait été dynamité. Je me suis sauvé en robe de chambre dans la rue, ce qui m'a mis sur la liste noire de la garderie.

*

J'ai finalement décidé, ne sachant que faire de mes dix doigts, d'entreprendre le casse-tête reçu en cadeau d'anniversaire l'an dernier. Une planche de bois posée sur le lavabo (le seul endroit libre de l'appartement), et le projet était né.

Peu après avoir commencé cette somnolente activité, le téléphone a sonné et, en tendant le bras, tout le bataclan (pièces du casse-tête, café, bol d'arachides) est allé rejoindre les pelures de patates au fond du lavabo.

Évidemment, c'était un mauvais numéro.

Je suis ensuite allé jeter un coup d'œil à la fenêtre.
Des bruits de pas.

J'ai pu y entrapercevoir, furtivement, des bottes en crocodile qui claquaient au sol quand son propriétaire marchait.

Pas la première fois que je les voyais, ces bottes. Quelqu'un d'important, semble-t-il, car je l'entends toujours donner des ordres.

Qui cela peut-il bien être ?

L'espace d'un instant, nos regards se sont croisés, à travers la vitre sale.

Il m'a dévisagé, comme s'il avait vu la bête du Gévaudan.

*

On dit qu'il faut beaucoup d'échecs pour enfin réussir, dans quelque domaine que ce soit.

Ma réussite sera sûrement grandiose.

Orson Welles a réalisé *Citizen Kane*, le chef-d'œuvre absolu du cinéma, qu'il écrivit et dont il interpréta le premier rôle, à vingt-quatre ans.

J'ai près du double de cet âge et je suis en train de courir derrière un camion à ordures avec mes sacs éventrés.

*

Qui consomme tant de poison dans ce pays pour qu'on me réveille souvent en pleine nuit pour rentrer à l'usine qui le fabrique ?

Quand je pressens que mon supérieur va m'appeler à deux heures du matin, paniqué, je m'organise pour rester disponible et éveillé toute la nuit, au cas où.

Mais le téléphone ne sonne pas.

Du moins pas avant le lendemain matin, à l'aube, après deux heures de sommeil.

Je me dirige donc péniblement vers le travail, déjà exténué.

L'usine est une immense bâtisse de briques jaunes. Une fumée verdâtre s'échappe de ses cheminées. Aucune habitation aux alentours, heureusement.

La fabrique semble avoir été construite à la même époque et avec les mêmes matériaux que l'immeuble où j'habite. Parfois, l'espace d'un instant, il est difficile de faire la différence entre les deux. J'arrive en ces endroits à des heures qui, certes, n'aident en rien la perception que j'en ai.

Endroit étrange où gagner sa vie. Mais il faut bien que des gens travaillent dans ces usines. Oui, il faut bien.

Évidemment, évoluer dans une fabrique de poison n'était pas un rêve d'enfance. À l'école, l'orienteur m'avait plutôt conseillé de devenir, entre autres choses, proctologue ou encore tueur de phoques. Du moins est-ce l'impression que m'ont laissée ses suggestions.

J'entre tel un zombie dans l'usine.

Déjà le doux ronronnement des turbines caresse mes tympans.

Le rituel ici est presque toujours le même. Lavage des bacs et des citernes, remplissage des camions, nettoyage, empaquetage du produit.

Le mot routine a été inventé en ces lieux.

Pourquoi j'écris tout cela ?

Je n'en sais rien.

Victor Hugo a déjà écrit *Les Misérables*, je sais bien.

Ici, c'est Le Misérable.

*

Étrangement, j'ai toujours été un enfant précoce.

À huit ans, par un bel après-midi, je démontais le transistor familial.

Je fus cependant incapable de le remonter, aussi reçus-je une fessée monumentale.

C'est toujours le souvenir qui s'éveille en moi lorsque j'allume l'appareil, que j'ai conservé et réparé, des années après.

Comme je n'ai pas encore la télévision, je dois me contenter de la radio.

Ceci dit, j'adorerais la regarder.

M'en gaver, me perdre dans cette cacophonie et ces inepties.

J'en avais acheté une, d'un assez bon modèle, avec plan de paiement sur deux ans, écran de quinze pouces, prise pour écouteurs et télécommande. Mais elle m'est tombée des mains dans l'escalier du métro alors que je la ramenais à la maison.

La garantie ne couvrait pas la maladresse, ni l'imbécillité.

Je la paie encore.

Ma radio, elle, semble incassable.

Seul petit problème : peu importe la station syntonisée, j'entends toujours en sourdine une fréquence indésirable. Un poste, probablement américain, diffusant du heavy metal.

Toute l'information, les tribunes et les concerts de jazz que j'écoute me parviennent donc avec, en surimpression, un incessant bourdonnement de guitares électriques.

*

À quatre heures et demie du matin, j'entends un bruit de marteau-pilon dans la maison. Après quelques instants, je reconnais mon lamentable téléavertisseur oublié sur la table-de-nuit-à-dîner-établi-planche-à-repasser.

Le type des chambres froides a la grippe. J'ai quarante minutes pour me rendre au travail ou je perds mon tour. Je décide de retourner me coucher, au chaud, tâchant d'oublier mon existence.

Incapable de dormir.

Sans réfléchir, je me lève, j'appelle un taxi et me rends au boulot.

Trop tard, Alain est arrivé à l'heure, lui.

Je retourne à la maison, en taxi à nouveau puisque aucun autobus ne roule encore, plus pauvre de soixante dollars, crevé mais incapable de me rendormir, enragé, déprimé, dernier sur la liste.

Note pour moi-même : songer à acheter un crochet pour le plafond, et un tabouret.

*

Loi immuable des chantiers et usines :

Un humain œuvrant sur un terrain de construction ou une usine perdue ne peut s'empêcher de se gaver de hot-dogs ou de danoises.

Pour oublier, sans doute.

Une cantine mobile vient quotidiennement faire son tour à l'usine. Plusieurs fois par jour, une sirène tonitruante sonne le glas des maigres économies des employés. Le prix des produits proposés est tout simplement révoltant, mais vu l'absence totale de commerce dans un rayon de sept kilomètres, le cantinier fait des affaires d'or.

Les cantiniers régiront un jour l'univers.

Durant ma pause au travail, je prends mes messages à distance.

Je me suis toujours demandé pourquoi je payais pour ce service, car je n'ai jamais le moindre message.

Au fond, peut-être est-ce pour entendre la douce voix féminine qui me guide dans les méandres de cette boîte vocale vide. Cette femme existe-t-elle réellement ? Si oui, est-elle abonnée à son propre service de messagerie ?

Nul ne le sait. Pas même les téléphonistes exaspérées à qui la question est fréquemment posée. Une chose est certaine cependant : cette voix voluptueuse réussit à me mettre dans tous mes états.

Les amours impossibles sont les plus belles et les plus pures, tout le monde le sait.

*

Il y a toujours eu beaucoup de livres à la maison. Quand j'étais petit, nous avons longtemps habité à côté d'une bibliothèque. Mon père allait parfois y faire un tour et ramenait les vieux ouvrages dont l'institution se débarrassait.

Il se servait de ces livres comme bois de chauffage ou pour monter des étagères. Je réussissais souvent à mettre la main sur l'un d'eux avant qu'il finisse sous une patte pour équilibrer une table. « C'est l'idéal pour ajuster à la bonne hauteur. Ensuite, on n'a qu'à couper le surplus et jeter le reste aux ordures. »

Je l'entends encore me servir sa leçon : « Les grands auteurs et leurs interminables pavés : pour les gros travaux d'ajustement. Don Quichotte a été parfait pour le meuble télé du salon, qui tanguait dangereusement. Pour une chaise légèrement branlante, un jeune écrivain inconnu suffit. »

J'ai découvert ainsi, mine de rien, quelques auteurs.

À quoi cela m'a-t-il servi?

À rien. Toute cette littérature m'a accablé, encore plus que je ne l'étais au départ. Et les tables de mon père sont toujours bancales.

La chose a également contribué à mon endettement, car elle m'a aiguillé vers de hautes études, âprement réalisées. Oh, un simple certificat! Mais ce fut assez pour me plonger dans d'insurmontables dettes que ce diplôme n'a jamais pu éponger.

À l'université, j'étais tout de même l'un des plus travaillants. J'avais connu une certaine renommée parmi mes congénères avec mes recherches, dont l'une avait pour titre *La durée interminable que prend la rédaction des travaux d'université* (essai que je n'ai jamais terminé).

Longtemps, j'ai rêvé de devenir avocat. Mais mon père me voulait boxeur.

Je n'ai jamais porté la toge ni jamais, évidemment, enfilé de gants de boxe.

Aux yeux de tous, donc, j'ai raté ma carrière.

*

— Aurez-vous besoin de moi demain?

Je suis dans le bureau du chef de section.

— Parce que ce serait agréable d'avoir une vague idée de mon emploi du temps pour les prochains jours, au cas où je voudrais faire un projet.

— Écoute, je le sais pas encore, me répond-il. C'est seulement cette nuit que je le saurai, quand la livraison va arriver. Si elle est grosse, on aura besoin de renforts.

— Mais… Vous ne pourriez pas vous informer à l'avance de la grosseur des chargements?

— Les gars des camions aiment pas ça, les téléphones portables. Ils disent qu'ils sont ben corrects avec leur walkie-talkie.

— Bon, je demandais ça comme ça…

Il m'a conseillé de rester à côté du téléphone, qu'on allait très certainement m'appeler. Mais peut-être pas non plus.

Des choses à faire, en vérité, je n'en ai pas.

J'ai parfois un flash, à propos de quelque truc qu'il serait intéressant, ou urgent, de régler, mais j'oublie la plupart du temps de le noter, et cela disparaît dans les méandres de l'oubli.

Je devrais peut-être dresser une liste de choses à faire, d'accomplissements personnels. De commandements, même.

Et l'afficher bien en évidence, pour me remonter le moral.

Je serais mon propre Moïse, mon propre Peuple élu…

Je tâcherai de garder tout cela pour moi, cependant. Parce que je sens qu'on pourrait vouloir me conduire rapidement à l'asile.

*

Mercredi. Incapacité à me rendormir au beau milieu de la nuit.

Ces jours-ci, tenir ce journal est pour moi une corvée.

Je n'ose me relire tant je constate l'inutilité de ce récit, de cette vie monotone. Des milliers d'histoires existent, somptueusement mises en scène, de décoiffantes épopées, des odyssées extraordinaires… Qui diable pourrait s'intéresser à mon exaspérante et interminable litanie ?

Inapte à me rendormir (une autre chose que je rate), je m'habille pour aller faire une promenade. Les coquerelles ne sortent que la nuit, dit le poète.

Si seulement cette randonnée pouvait me faire vivre une modeste aventure, ou m'apporter de la matière substantive pour enrichir, de quelque façon que ce soit, mon existence.

Mais je sais que non, rien de notable ne se produira. Je ne rencontrerai pas de personnage coloré. Aucune jolie femme ne croisera mon chemin. Rien d'agréable, ni aucune menace d'ailleurs, rien de fâcheux, de merveilleux, rien d'anormal, tout au plus croiserai-je la concierge ou un autre locataire, qui ne manqueront pas de me dévisager comme un poisson mort.

Vivre dans une grande ville peut être accablant. On se perd dans l'anonymat de la foule, on ne parle pas à son voisin, on connaît le refrain. On peut se faire attaquer sans que personne ne le sache.

Sauf le voisin, qui est probablement aussi ledit agresseur.

On dit souvent qu'on est davantage seul dans une foule qu'en rase campagne.

Si je comprends bien, la prochaine fois que je voudrai m'isoler, j'inviterai une bande de gens à m'accompagner dans un champ de blé.

*

Les besogneux d'intérieur de tout poil aiment bien la pluie.

Du moins celle-ci les déculpabilise-t-elle de fermer tous les rideaux pour continuer, si une parcelle de volonté émerge du néant existentiel, quelque lamentable projet embryonnaire et inachevable.

Je n'ai pour ma part aucun projet, ni embryonnaire ni d'aucune autre sorte.

Ma mère a encore téléphoné. C'est bien le seul humain qui daigne encore dépenser un peu d'énergie pour m'appeler.

Depuis qu'elle a entendu à la radio qu'élever un enfant jusqu'à l'âge de seize ans coûtait cent mille dollars à ses parents, elle encombre mon répondeur.

Je peux lui rembourser à coups de petits montants si je préfère, spécifie-t-elle. Elle aimerait mieux ne pas avoir à recourir aux services d'un avocat. Elle me parlera de tout cela au souper, demain.

*

Ma sœur étant un peu plus âgée que moi, pour elle, quand nous étions jeunes, j'étais le petit con.

Les choses changent dans la vie, évidemment.

Celle-ci par contre ne semble pas en tenir compte : je suis encore et toujours le petit con.

Anniversaire de son mari. Restaurant hors de prix.

Dans mes pérégrinations gastronomiques, si peu nombreuses soient-elles, il y a des constantes. J'ai beau dépenser cinquante dollars pour un repas, je me retrouve toujours avec une assiette pleine de frites.

Je choisis le cerf, le plat le moins cher de la carte. C'est peut-être pour ça, d'ailleurs, les frites : pour bien faire sentir au péquenaud ce qu'il est, et qu'il retourne bien sagement dans son trou avec ses frites. Elles étaient au demeurant succulentes. Le problème est que j'en avais mangé trois heures auparavant, avant de venir. « N'empêche qu'elles sont moins bonnes que celles que je fais avec ma friteuse », n'a cessé d'ânonner l'autre imbécile, le jubilaire.

Pas moyen non plus, dans un restaurant, de manger sur une table droite. Alors l'idiote de serveuse glisse un bout de carton sous l'une des pattes pendant que la moitié de ma soupe se renverse sur la table.

On devrait vendre les tables déjà munies de bouts de carton au bout des pattes. Ou engager mon père pour rectifier la chose, ses grands classiques sous le bras.

— En tout cas, ma friteuse, elle…

— Je ne comprends pas l'intérêt d'une friteuse pour la maison, ai-je fini par lui dire, exaspéré. Ne peut-on pas trouver des frites partout, à un prix dérisoire?

Il m'a regardé et demandé si c'était pour cette raison que j'en commandais dans ce resto hors de prix, du moins pour mes médiocres moyens.

J'ai mangé le reste de mon repas en silence.

Pour revenir chez moi, ai traversé le pont à pied.

Ils y ont installé récemment des grillages hérissés de pointes, pour empêcher les suicides.

« Je veux mourir, oui, mais surtout pas déchirer mes vêtements, ah ça, non. »

De si grossières méthodes dissuadent-elles vraiment celui qui veut mettre fin à ses jours ?

On dit qu'on est *mal* tombé après s'être infligé une vilaine blessure. Le suicidé dirait plutôt qu'il est *bien* tombé, si tout s'est passé comme prévu.

Mais à vrai dire, s'il parle du succès de l'entreprise, il y a de fortes chances qu'il soit déjà un macchabée.

C'est en philosophant joyeusement de la sorte que j'aboutis enfin dans mon quartier.

Je songe au camion, espérant qu'il ne soit plus devant ma fenêtre.

Chauffant son goudron à longueur de journée, cet engin est en train de me ruiner l'existence.

Un jour je me suis levé et il était là, simplement. Il n'a pas bougé depuis.

Il semble stationné en face pour d'éventuels travaux sur l'immeuble, travaux que je ne vois jamais se faire.

Oh, parfois, quelque rare ouvrier vient paresseusement prendre du précieux liquide, puis disparaît sans qu'on sache trop où. Il joue probablement aux cartes sur le toit depuis des semaines.

Il n'y a donc véritablement personne à qui se plaindre de la chose.

Un locataire m'a dit qu'ils refaisaient le toit.

Mon ancien psy disait, lui, qu'il allait me refaire le moi.

En effet, j'ai consulté un psy durant un certain temps, jusqu'à ce que je lui explique ne plus avoir d'argent, à la suite de quoi il m'a officiellement déclaré guéri, du moins jusqu'à ce que mes coffres soient renfloués.

✳

Autre endroit, autre odeur.

Pour enrayer l'insoutenable odeur de nettoyant dans certaines sections de l'usine, on nous demande de répandre de l'aérosol chimique au parfum de fraise.

Quelle bonne idée.

Tout cela me fait penser à ces conseillères au rayon des parfums dans les grands magasins, où l'on risque de s'évanouir même en marchant rapidement, se *spoush-spoushant* sur les mains des litres de parfum à longueur de journée, qui nous conseillent quelque produit adapté exclusivement à notre insignifiante odeur corporelle, qui doivent probablement boire les flacons entre deux clients tant elles empestent, qui ont à ce point constamment la figure dans l'air nauséabond qu'elles ne font plus la différence de toute manière, et dont les cellules sont si endommagées qu'on les retrouve, le soir, dans le stationnement du centre d'achat, errant sans but, un nuage de moustiques au-dessus de la tête.

J'exhale encore la fraise quand je croise la concierge dans l'entrée de l'immeuble, et décide de lui adresser ma plainte :

— J'ai encore trouvé une coquerelle chez moi.

[43]

Elle me répond que c'était probablement plutôt elle qui m'avait trouvé. Que plus tard, lorsqu'elle aurait fini sa journée, elle viendrait l'exterminer, mais que d'ici là, je pouvais essayer de l'écraser avec un gros dictionnaire ou un truc du genre.

— Mais il n'y a pas une seule coquerelle, voyons. Si j'en ai vu une, c'est que...

— Êtes-vous spécialiste de la question ? Non ? Eh bien, dans ce cas, fermez votre clapet !

Je n'ai pas osé lui avouer que je m'y connaissais effectivement (trop) bien en la matière.

La concierge me tourne le dos et s'éloigne.

— Mais...

— Quand j'aurai fini ma journée ! Pauvre type !

— Mais quand vous aurez fini, vous aurez fini, et vous...

— Exactement ! Je m'en irai ! Maintenant, fichez-moi la paix ! Achetez-vous une encyclopédie si vous voulez, et écrasez-les toutes !

*

Il y a une nouvelle employée au travail. Elle fait de la rentrée de données, sur appel, de nuit. C'est du moins ce que Povilas m'a dit.

À la pause, fébrile, je suis allé voir les cartes de *punch*. La sienne était là. Avec son nom, ses heures. Elle ne travaille pas souvent.

Lundi
1:54 am – 6:01 am

Mardi
2:04 am – 5:05 am
PÉNALITÉ DE RETARD – INFRACTION # 1 / 2

Le bureau où elle gagne dignement sa vie est situé à l'autre bout de l'usine, à l'étage de l'administration. Mes pauses ne durant que dix minutes, je n'ai malheureusement pas le temps de m'y rendre.

Une comptabilité de nuit, et sur appel, est semble-t-il nécessaire pour faire fonctionner efficacement l'empoisonnement au pays.

*

On croit qu'on a toute la vie pour faire toutes ces expériences, voir le Taj Mahal, la Grande Muraille de Chine, le désert du Nevada.
Je crois bien maintenant que je ne les verrai jamais.
J'y suis résigné.
Mais même si on fait, disons, la fameuse traversée des États-Unis, comme on ne la fera probablement qu'une fois, j'imagine qu'il faut en profiter au maximum.
Et si par malchance il pleut la journée où l'on passe au Grand Canyon, et qu'on ne le voit pas distinctement, c'est bien dommage, mais le billet n'est pas remboursable, continuez, avancez en arrière, et fermez-la.

Il n'y a jamais moyen de mener un projet jusqu'au bout, à vrai dire.

Du moins, dans mon cas.

Dès que j'entreprends quelque chose, je perds aussitôt toute motivation, ou j'ai soudain extrêmement faim.

Alors je mange, j'ai ensuite très sommeil, et je me couche.

Et après, évidemment, j'ai encore faim.

Comment Michel-Ange a-t-il fait pour accomplir autant de choses?

DÉCEMBRE

Blind date organisé par ma sœur dans un restaurant.

Elle croit que je pourrais être un bon *rebound* pour une de ses amies. C'est-à-dire que celle-ci pourra « rebondir » sur moi, entre deux autres relations, sérieuses celles-là.

Au loin, dans l'arrière-salle, un individu à l'allure louche engueule quelqu'un.

L'individu porte un bandana, le t-shirt d'un groupe *heavy metal*, des tatouages. Dans le vacarme de la salle, je ne perçois que des fragments de ce qu'il hurle : *(...) pralinée... mousse... (...) ... aromates...*

Les cris continuent.

La plupart des cuisiniers, de nos jours, portent une casquette présentant une tête de mort, des bottes à cap d'acier, des anneaux dans le nez et des bracelets cloutés.

Les cris s'arrêtent. Un serveur élancé sort gracieusement des cuisines avec une mousse printanière aux trois truffes.

Mon invitée arrive.

Nervosité, embarras.

Après dix minutes de conversation somme toute cahoteuse, son téléphone sonne.

— Allo oui ? Oh ! Un membre de ma famille a eu une crise cardiaque ? Eh bien… Je… Je ne pourrai pas venir… Rappelez demain, merci.

Je lui demande si tout va bien. Elle finit par m'avouer que c'était ma propre sœur, qui devait l'appeler au cas où ce serait trop pénible en ma compagnie, mais que ça ne l'est pas encore.

Cette première rencontre si romantique fera briller d'émerveillement les yeux de nos petits-enfants.

Nous avons commandé, discuté un moment.

Je n'ai eu qu'à répondre aux quelques questions de base (logement, emploi, loisirs) pour qu'elle m'annonce qu'à bien y penser, il serait peut-être mieux, par politesse, qu'elle aille voir le défunt.

J'ai fini l'entrée seul et suis parti.

Peu importe car le temps des fêtes qui s'en vient, avec ses décorations, ses étrennes et ses embrassades de grands-tantes, n'est pas compatible avec le sexe. On doit même se dépêcher, avant d'entendre les premières notes des ritournelles de Noël, d'accomplir la chose : après il sera trop tard.

Les mots-clés, durant cette triste période, sont bonté, affection, lutins, crèche et sincérité.

Pas très conciliable avec tubes de lubrifiant et préservatifs nervurés. Je n'aurai donc aucun regret quant au désert aride que sera ma vie sexuelle dans les prochaines semaines.

Si toutefois l'envie me démange, je pourrai toujours aller au petit salon de massage près de la maison, où j'ai mes habitudes, et à la sortie duquel j'espère toujours ne pas avoir justement de trop fortes démangeaisons.

Mais laissons de côté les somptueuses et luxuriantes bacchanales quelque temps.

Quand je suis revenu à la maison, deux énormes machines à laver étaient placées devant ma porte. Impossible d'entrer.

Une note laissée par la concierge m'indiquait qu'elle avait dû installer les engins défectueux à cet endroit temporairement, en attendant que la compagnie vienne les récupérer, de passer par la porte arrière, et que si je n'étais pas content, de déménager.

Parce qu'il avait fortement neigé toute la journée, le petit escalier arrière menant au sous-sol était complètement obstrué par la neige.

Comme je n'ai pas de pelle et n'ose sonner chez un voisin, je trouve une pelle sur un balcon, et au bout de ce qui m'apparaît être deux heures de pelletage, je réussis à entrer. M'effondre sur le lit-causeuse-chaise-à-dîner-patère.

*

Le lendemain, en retard pour le travail, tout autant de neige devant la porte, et la pelle volée est restée à l'extérieur. Je crois comprendre que son propriétaire a saisi mon petit manège et s'est vengé en repelletant le tout devant chez moi.

Précision : trouver un crochet *bien solide* pour le plafond.

*

Vendredi soir.

Je ne travaillerai pas cette nuit, et l'envie me prend d'aller boire un verre. J'aimerais bien y aller avec Robert, un de mes amis, mais si possible sans son épouse.

Non pas que je ne l'apprécie pas, là n'est pas la question. Mais il est plus difficile de se confier à un couple qu'à une seule personne.

Au milieu de la troisième sonnerie, au moment précis où le combiné est décroché, je me rends compte que j'ai oublié le prénom de ladite épouse.

— Ah ! Bonjour... chère...

— Oui ?... chère... ?

— ...

Un silence affligeant s'installe.

— Louise. C'est Louise, mon nom. Ça fait des années que je te le répète. Tu veux parler à Robert ? me demande-t-elle sinistrement.

— Désolé, Louise… Oui, c'est ça, passe-le-moi s'il…

— Il n'est pas là.

— …

— Bon… Euh… Joyeux Noël à toi aussi.

— C'est ça.

*

Pour meubler le vide inhérent à l'existence, on accompagne ses neveux à *Disney on Ice*.

Petits écureuils, souris ou princesse, ils sont tous là.

Mais pourquoi se limiter aux petits bonshommes ? Pourquoi seuls les canards et les chiens aux grandes oreilles auraient-ils le droit de patiner gaiement ?

Non, ça n'est décidément pas juste.

Bientôt à l'affiche : *L'Odyssée d'Homère on Ice*.

La fête de Noël de l'usine aura lieu un mardi.

Dans ce qui me semble être une vie antérieure, j'ai été serveur dans un restaurant. Cette information apparaissant dans mon curriculum vitæ, on m'a demandé d'être le barman pour la fête de Noël des employés à l'usine.

J'ai refusé. Après tout, ce n'était pas payé, et je n'aurais pu m'amuser de toute la soirée. Mal à l'aise, j'ai menti en disant que j'avais justement un petit contrat de serveur ce soir-là dans une autre fête de Noël, et ne pouvais assurer ma présence.

Je n'ai donc pas reçu de carton d'invitation, et on m'a bien dit que l'on ne s'attendait évidemment pas à me voir à la fête.

L'heureux temps des fêtes est arrivé.

Jouez hautbois, et résonnez musettes, si quelqu'un comprend ce que cela peut bien vouloir dire.

Povilas, lui, a pu y aller, à la fête de Noël. Il y a d'ailleurs gagné, lors du tirage, deux billets pour le spectacle d'un comique en vogue. Il m'y a gentiment invité.

Ça devrait me faire du bien.

En espérant ne pas être choisi dans la foule pour monter sur scène et y être humilié : l'une de mes phobies les plus profondes.

*

Ma mère et ma sœur ont décidé à la dernière minute de partir dans le sud avec les neveux. Le forfait ne comportait qu'un nombre réduit de billets, m'ont-elles dit, faussement navrées. De leur côté, leurs maris respectifs feront un voyage de chasse ensemble, pour renforcer les liens. J'avais cru jusque-là que les liens à renforcer, c'était pour les relations père-fils.

J'ai dû me tromper.

— Avoir su, j'aurais planifié mon réveillon autrement.

— Comment ? m'ont-elles répondu. Avaler un repas congelé et écouter la radio en robe de chambre ?

Je me suis bien gardé de répondre.

Nous avons tout de même organisé un petit souper de Noël, en avance. Me suis fait engueuler pendant deux heures en début de soirée.

J'avais oublié des choses à l'épicerie, je coupais inadéquatement les tomates, bref, j'étais une véritable nuisance.

Comme le beau-frère ne désirait pas que je les accompagne au salon, lui et mon paternel, pour écouter la partie de hockey, je suis resté dans la salle à manger toute la soirée.

Il ne m'a jamais pardonné l'épisode de leur mariage, à ma sœur et lui.

C'était une froide journée de novembre.

Le mariage s'était tenu en cette saison pour des raisons aussi obscures que la salle de réception louée pour la soirée. Un collègue m'en avait vaguement parlé, j'avais réservé l'endroit sans prendre la peine de le visiter.

Lorsque ma sœur a vu la salle aux murs défraîchis et au menu plus que douteux, ses yeux se sont embués comme les fenêtres de l'endroit (pour cause de pluie torrentielle tombant dehors).

N'eut été l'épisode précédent, à l'église, peut-être aurait-elle pu contenir ses larmes. Un léger incident, une toute petite blessure…

Les confettis étaient vieux, collés en pain. J'ai balancé le tout du haut du jubé.

Cérémonie interrompue, quelques égratignures, pas de quoi en faire une histoire…

Pour compléter le tableau, j'étais responsable, pour cette « plus belle journée de sa vie », d'apporter le disque de la marche nuptiale.

Disque qui, sans doute abîmé par des années d'usage comme sous-verre, a inévitablement déraillé pendant la marche solennelle vers l'autel, sursautant en codes binaires désarticulés.

Des mois, des années. Une vie de préparatifs et d'attente angoissée.

Gâchée. Par ma faute.

Comme ce soir.

Même si le tout, à vrai dire, était plutôt intime, une grande nervosité émanait de la cuisine, où elles ont passé tout le repas à se lamenter et à remballer les plats, me laissant seul à table avec les neveux qui me lançaient leur nourriture au visage.

*

Décidé d'aller faire un tour du côté des bureaux pour tenter de voir la nouvelle employée. À la course, pour avoir le temps de revenir à mon poste.

Elle était là, devant une pile de paperasses et un ordinateur jaunâtre.

En train de traiter d'horribles factures et bons de commande.

Elle a déjà fait un voyage en Asie. C'est du moins ce que laissait penser la photo sur son bureau.

«Non, ce n'est qu'un montage à l'ordinateur, m'a-t-elle répondu. Je ne suis jamais allée au Japon. Mais j'aimerais bien. La Cité interdite m'a toujours fascinée.»

Je n'ai pas osé lui dire, avant de repartir, que celle-ci se trouvait en Chine, et que la pagode devant laquelle elle avait grossièrement collé son portrait n'était pas la demeure des dirigeants de l'Empire du Soleil levant.

Celui-ci s'est justement levé peu après, cette fois sur mon usine. Je ne l'ai pas croisée à l'arrêt d'autobus.

*

Il faut bien du courage pour allumer les lumières quand la pénombre s'installe tranquillement dans la maison. A-t-on bien mis à contribution cette journée dans l'édifice de notre vie? A-t-on donné notre maximum pour que notre existence soit réussie?

Quand je me suis levé, il faisait déjà noir. Je mets cela sur le compte du solstice. Il faut dire que je n'ai pas travaillé de la semaine.

Lundi soir, je me suis couché à minuit.

Mardi, vers les trois heures du matin. J'en suis venu à aller au lit à six heures, midi, puis dix-huit heures, pour conclure cette longue descente en me couchant à onze heures trente du soir. J'ignore si j'ai gagné ou perdu une nuit, si je suis un couche-tard ou un lève-tôt, mais une chose est sûre, c'est que j'ai perdu une journée, et je compte bien la récupérer d'une façon ou d'une autre.

Toujours est-il qu'il fait noir. Le seul éclairage provient, par intermittence, des lumières de Noël installées à la fenêtre. La concierge m'a obligé, comme tous les autres résidents, à en installer pour la période des fêtes.

Le promeneur peut donc admirer, derrière ma vitre, une chandelle ressemblant étrangement à un doigt d'honneur, en lumières multicolores.

*

Veille de Noël dans ma famille éloignée.

Je me suis rendu à cette invitation, même si l'envie n'y était pas du tout.

C'était ça ou la radio en robe de chambre.

J'ai eu droit aux mêmes sempiternels désagréments qu'à tous les ans.

Par exemple, j'ai un oncle âgé de onze ans.

Avec les mariages tardifs et autres singularités des familles modernes, on a droit à ces petits idiots qui pètent plus haut que le trou, qui pensent impressionner la galerie avec leur titre d'« oncle » et de « parrain », alors que ce sont les aïeuls les plus grotesques qui soient, s'endormant avec leur petite couverture sur le fauteuil en plein milieu de la soirée. Un parrain à faire rougir de honte Don Corleone.

Ce petit idiot passe donc son temps à me donner des ordres, à me prendre en défaut et à me sermonner. Lors de mon dernier anniversaire, il m'a offert une carte de souhait, signée « De ton bienveillant oncle ».

« Familles, je vous hais », disait André Gide.

Du moins, c'est ce que j'ai pu en lire dans l'ouvrage tronçonné par mon père.

Lors de cette merveilleuse soirée, j'ai également réussi à me mettre en froid avec l'une de mes cousines.

Durant la distribution des cadeaux, tandis que je lui écrivais sa petite carte en toute hâte dans la cohue, elle a annoncé devant tout le monde que ça n'était pas approprié et plus nécessaire. Nous avons échangé quelques propos et, au terme d'une discussion coriace, elle m'a engueulé vertement devant toute la famille, en faisant l'inventaire de mes principaux défauts : imbécillité, vêtements affreux, cheveux gras, etc.

Ce fut un temps des fêtes féerique.

*

— Réjean, va laver la cuve B s'il te plaît.

— Mais… je ne m'appelle pas Réjean. Moi c'est…

— J'vais t'appeler Réjean, ça va être plus simple. Bon, au travail, maintenant.

— Est-ce… est-ce que ça peut attendre ? C'est que je combats un petit virus, et…

— Tu le combattras à ta pause.

Je me tranche juste les veines et j'arrive.

Il est quatre heures quinze du matin. Nous sommes maintenant, Povilas et moi, les deux seuls humains dans la grande cafétéria de l'usine. Nous avons lavé une gigantesque cuve et sommes venus dîner, si tant est qu'on puisse appeler « dîner » une danoise et un café instantané ingérés à une heure pareille.

Nous sommes également seuls cette nuit, au fond de ce parc industriel pourri, pour la bonne raison que tous les autres employés sont à la maison, pour célébrer le nouvel an.

JANVIER

Revenu ivre à trois heures du matin de ce qui ne devait être qu'un petit verre relativement tranquille avec une vieille connaissance (je ne me rappelais pas son nom et n'ai pas osé le lui demander) croisée dans la rue.

Toute la soirée à évoquer des souvenirs quelconques, exempts de la moindre originalité : beuveries inoffensives, nuits blanches insipides, mauvais coups insignifiants.

Écrit nos noms en urinant dans un banc de neige. Mon idée, pour enfin identifier l'ami en question, mais sa signature fut malheureusement indéchiffrable.

J'aurais dû lui demander ses coordonnées.

Mais était-ce vraiment une vieille connaissance ?
Pourquoi ne lui ai-je pas demandé son...

J'en suis à vouloir demander leur numéro de téléphone aux ivrognes rencontrés dans la rue.

*

Je pense encore à cette collègue de travail.

Puisqu'elle semble aimer l'Asie (si j'ai bien compris le méli-mélo de ses propos), je songe à lui proposer de prendre un thé avec moi.

Je n'aurai qu'à faire un peu attention. C'est que lorsque je bois du thé, ça me rend si énervé que je me réveille au milieu de ma nuit, et durant des heures, je songe amèrement à cette satanée tasse.

Je dois souvent avaler des somnifères. Très agréable de devoir aller travailler d'urgence en pleine nuit une demi-heure après avoir ingéré une dose massive de *Somnivex*.

Récemment, j'ai appris que les pilules pour le mal de cœur étaient en fait des sédatifs, à l'ingestion desquelles on s'endormait, tout simplement.

Il en est de même pour tout, ai-je cru comprendre.

Vous êtes agoraphobe ? Somnifères. Problèmes de vertige ? Dodo. Dépression ? Voici un bonnet de nuit.

Un jour, on trouvera peut-être aussi de telles vertus au cyanure.

Songer à acheter une caisse de sédatifs et ouvrir un cabinet de consultation.

*

Métro-Boulot-Insomnie.

Mardi, deux heures de l'après-midi.

Incapable de dormir.

La garderie au-dessus de chez moi reçoit aujourd'hui la visite des enfants d'un établissement voisin. Si j'ai bien compris le programme, tout ce beau monde joue présentement à « sauter le plus bruyamment possible à pieds joints ».

Comme expliqué précédemment, je n'ai pas de lit. C'est-à-dire que je ne peux installer ici matelas et sommier, à cause de l'exiguïté du logis, de la présence nécessaire d'un réfrigérateur et de quelques meubles chambranlants.

Je dors donc sur le canapé à deux places, avec ce que je peux y accoler pour rallonger un peu l'affaire.

Oui, c'est vrai, je pourrais installer un matelas par terre. Mais ce serait alors le seul et unique meuble dans l'endroit.

Je me lève.

Regarde par la fenêtre.

Un insecte rampe lamentablement par terre.

Je suis au niveau du sol, aussi vois-je toutes les bestioles qu'on dit nuisibles. Alors qu'en fait elles participent toutes, à leur façon, au cycle de la vie, à l'équilibre de la nature. Contrairement à l'homme.

L'Homme. Parlons-en.

On fait tout un plat avec le fait de devenir un homme. Alors qu'on sait tous que les hommes sont responsables des pires atrocités.

C'est connu, les mâles occidentaux entre vingt-cinq et soixante ans… les pires salauds… enfoirés…, etc.

Qui veut véritablement en devenir un?

Et pourquoi diable cet insecte marche-t-il dans cette direction?

Qu'espère-t-il trouver, là où il va? Le bonheur?

Quelle navrante et abyssale naïveté. Tant d'espoir et de candeur dans une si petite bête.

Je me rends compte qu'en fait il marche directement vers la poubelle.

Pour lui, cette chose est davantage qu'un bac à détritus. C'est la Terre promise, l'eldorado.

N'est-ce pas lui, au fond, qui a trouvé le secret du bonheur?

Se satisfaire de petites choses, de détritus nauséabonds et dégoûtants.

Depuis quelques minutes, une accalmie à la garderie du rez-de-chaussée. J'en profite pour aller me replonger sous les couvertures.

Puis, comme je sombre lentement dans le sommeil, le tohu-bohu au plafond reprend de plus belle.

Les éducatrices devaient probablement avoir besoin d'un peu d'attention pour expliquer aux enfants les règles du nouveau jeu, « frapper le plancher à coups de marteau ».

Je ne pourrai certainement plus dormir aujourd'hui.

*

La boîte à souvenirs que l'on garde dans la penderie, pour les tendres moments où l'on regardera tout cela, où « l'on sera si content, si émerveillé », eh bien, pour moi, c'est maintenant.

La boîte m'est tombée sur la tête alors que je cherchais une chemise propre, et tout s'est retrouvé par terre. J'en ai profité pour y jeter un coup d'œil.

Peut-être à cause de l'étroitesse du logement de l'époque, tous mes souvenirs ont la propriété d'être minces comme une feuille et d'être classés dans une chemise. Les dessins d'enfant (dont je découvre que la majorité provient du petit voisin de l'époque, qui dessinait mieux que moi), les bulletins, quelques cartes de hockeyeurs.

Ma mère compartimentait tout dans des chemises de carton. De cette façon, elle s'imaginait avoir une certaine emprise sur le monde, même si ces chemises étaient généralement perdues sous des piles de vêtements ou jetées par mégarde à la poubelle.

J'ai gardé d'elle cette habitude, au point où je me demande parfois si le moment que je vis en est un « de chemise ». Lorsque c'est le cas, je passe le moment en question à imaginer quel nom j'écrirais sur la petite étiquette, comme impatient d'aller le classer en bonne et due forme, négligeant complètement le parfum de cette fleur, les mélodies de ce concert, les scènes de ce film.

J'aime bien le cinéma.

Je suis, en cela, d'une banalité déroutante. Ai-je mentionné que j'aimais également les bons repas au restaurant et la musique?

Enfin. J'aime particulièrement les films français.

Je dois cependant les voir avec sous-titres, car je ne comprends jamais les dialogues, murmurés ou mâchonnés rapidement.

Les scénaristes français devraient préciser qu'ils n'écrivent pas de véritables répliques, plutôt des esquisses de vagues conversations que les acteurs, ensuite, balbutieront à la va-vite selon leur humeur du moment.

J'aime le cinéma, donc.

Naïvement, j'ai toujours eu les plus folles espérances pour un film qui commence. Mais cela s'avère toujours être juste des humains qui discutent, conduisent rapidement une voiture ou se tirent dessus.

Rituel du cinéma du mardi soir. Je souhaite secrètement y rencontrer l'âme sœur, sans doute. Une femme célibataire et exceptionnellement intéressante ne peut chercher son prince charmant que dans une salle obscure et où il est interdit de parler, doit se dire mon inconscient.

Pour profiter d'un deuxième film gratuitement, j'ai bêtement décidé de me cacher sous un siège.

Un adolescent boutonneux qui passait l'aspirateur m'a rapidement aperçu. Il m'a également vu prendre un paquet de pop-corn sur le sol. Il a promis de ne pas me dénoncer. Que j'étais si pathétique que ça ne changerait rien de toute façon.

Pourtant de folles espérances, j'en ai eu plus d'une, pas seulement à propos de cinéma.

J'ai par exemple toujours caressé le rêve de parcourir les États-Unis à moto jusqu'en Californie, comme dans tant de récits épiques.

Mais je crois bien, non, plutôt je sais, que si je la faisais, moi, la fameuse traversée des USA, ça n'aurait rien en commun avec les histoires de décapotables, de tequila et de peyotl, avec des filles mexicaines délurées, des maquereaux sur l'héroïne et des courses-poursuites en décapotable dans le Nevada.

Non.

La mienne se ferait en autocar, bien sagement assis sur mon banc, avec un voisin qui dormirait en bavant sur mon épaule, et un enfant donnant des coups de pied dans mon siège.

*

J'ai évoqué ici à quelques reprises mes parents, mais point en profondeur.

Il est temps de rectifier la donne.

Mon père est un homme rustre, fruste, rustique, enfin, ce genre de choses.

Ce n'est pas homme à discussions. En fait, il ne dit pratiquement jamais rien.

Sa présence est pour ainsi dire inutile. Enfants, à table, nous attendions toujours qu'il ait commencé à parler pour dire quelque chose, ainsi le repas se prenait en silence. Je ne l'ai que très, très rarement entendu s'exprimer.

Il y a d'ailleurs si longtemps que cela s'est produit qu'il pourrait tout aussi bien avoir une voix de fausset, je ne m'en souviens plus.

La relation que j'ai développée avec mon père a comme fondement le fait que petit, celui-ci jouait au hockey avec un crottin de cheval.

C'est le plus loin qu'il soit jamais allé dans ses émotions.

À l'écouter, à Noël, ils recevaient, lui et ses frères, un beau crottin.

Alors que leurs voisins, eux, recevaient une orange (avec laquelle ils jouaient également au hockey).

Et, comme chaque fois que je lui demandais de m'acheter un bâton ou le chandail de tel ou tel joueur, il me parlait du chandail qu'il avait reçu, lui : un col roulé orné tout bonnement de l'inscription « Hockey », avec, maladroitement tricoté dessus en laine brune, ce qui ressemblait vaguement à une rondelle un peu molle.

Un magnifique conte de Noël.

★

Le métier que j'aurais aimé faire, en fait, c'est fleuriste.

Il ne faut pas s'y tromper : ça n'est pas une profession délicate réservée aux optimistes et aux gens heureux.

Quand j'étais petit, entre deux récits mettant en scène quelque crottin de cheval et autres chandails de hockey, j'allais souvent espionner le fleuriste du quartier.

C'était un type mal dégrossi, qui engueulait tout le monde, et gare à vous si vous ne vouliez pas payer l'exorbitant bouquet empestant la cigarette qu'il vous avait préparé à la va-vite sans vous mentionner son prix.

Mais trêve de sensibleries.

Je n'ai pas le cœur à cela.

Les journées, ou plutôt les nuits, sont de plus en plus difficiles.

Et le café ne me fait plus aucun effet.

J'ai décidé, désormais, de faire infuser des sachets de thé dans mes tasses de café, un truc appris de l'un des camionneurs de l'usine.

Deux nuit blanches plus tard, j'ai réussi à m'endormir, les yeux injectés de sang, au bord de l'apoplexie, après avoir fait vingt fois le tour du pâté de maisons en courant et fait et défait trois fois mon casse-tête.

*

Invitation à un brunch, samedi midi.

Je déteste les brunchs.

— Merci pour le café, c'est gentil. Un verre de mousseux ? Tout de suite ? Bon, laissez-moi poser ma tasse pour...

— Ah, non, sans façon, merci. Je prendrai de la tarte à la noix de coco un peu plus tard, pour... Bon...

— Merci... Bonjour...

— Ah, c'est vous qui... Oui, enfin, votre pain de viande aux ananas a l'air délicieux, mais...

— Non, pas de sirop sur ma... quiche aux courgettes.

Que faire après un brunch ? Quand on revient à la maison, en fin de journée, il sera bientôt l'heure de souper, mais on a encore dans la bouche de vieux relents de soupe au brocoli et de cerises au marasquin...

Doit-on re-dîner ?
Souper ? Faire une sieste ?
Se suicider ?

Je choisis d'aller me coucher, question d'oublier tout ça.

Mais très vite, la faim me tenaille.

Après tout, ça doit bien faire six heures que j'ai quitté la table.

Il semble que plus un repas est solennel et chic, plus on en revient le ventre vide.

Un petit snack pris en passant et vous êtes bon pour des heures.

Mais quand vous quittez un banquet, avec les danses et les interminables au revoir, il y aura longtemps que vous aurez posé votre dernière assiette de gâteau, et vous serez prêt à avaler, sur le chemin du retour, deux pointes de pizza dans un boui-boui.

J'avais parié avec moi-même d'utiliser le terme « boui-boui » au moins une fois dans mon journal.

Pari tenu.

On prend nos réussites là où on peut.

*

Il fait atrocement froid dans la rue.

Je décide d'entrer au salon de massage, lequel offre aussi un sauna. Je compte bien expectorer un peu mes humeurs. La réceptionniste me propose une foule de massages à deux, échanges coquins, rencontres libertines dans le noir…

Mais je n'ai pas envie, aujourd'hui, de massage érotique. J'ai simplement besoin de réchauffer mes pauvres os.

— Ne puis-je simplement me faire masser le dos, puis m'asseoir seul et expectorer? Puis-je aimer les saunas sans vouloir nécessairement m'y faire tripoter?

Elle va aller demander à sa patronne.

S'ensuit, derrière le panneau, une vive discussion. La dame revient et m'annonce qu'elle est désolée, que « malheureusement oui, vous devrez vous faire "tripoter" ».

Un peu de chaleur, est-ce trop demander?

FÉVRIER

On n'a pas le temps de faire grand-chose en une journée, c'est bien connu.

Ça ne sert à rien, finalement, les journées.

Je ne ferai plus rien.

Je préfère rester au lit. Au moins, je n'aurai aucun regret du genre «j'aimerais tant que les journées aient trente heures» et patati et patata.

J'ai ouvert une boîte de sardines, qui m'est tombée des mains, et son huile a coulé dans l'interstice entre le comptoir et le four.

Le samedi soir est toujours une aventure débridée. J'aime son caractère insaisissable, fougueux.

On ne sait jamais où la nuit nous mènera.

Je décide d'aller me promener un peu. J'aboutis dans un débit de boissons, où je suis pris à partie par un ivrogne, qui fait de moi, sans que je sache pourquoi, la cible de ses conseils de vie.

Ce sont souvent les gens dont la vie est un échec lamentable qui nous tiennent des propos du genre « La vie, c'est comme ci, c'est comme ça... » Peut-être détiennent-ils justement une sagesse que les « gagnants » n'ont pas.

Ce type est un boulet attaché à ma cheville. Il y a pourtant d'autres clients à embêter. Je n'arrive pas à m'en défaire. Devant son look inquiétant j'hésite à lui dire ma façon de penser.

Peut-être, après tout, est-il fleuriste, ou chef cuisinier.

Il en a le profil, en tout cas, avec ses chaînes et ses jeans déchirés.

Les gens qui ont une chaîne attachée au portefeuille sont toujours ceux dont le portefeuille est très certainement le plus vide. Jamais vous ne verrez Donald Trump attacher une chaîne au sien.

Et puis, messieurs les punks bardés de clous et autres Hell's Angels, je ne crois pas que vous soyez la cible de prédilection des pickpockets, inutile de tout verrouiller avec de lourdes chaînes.

Bracelets de métal, t-shirts sataniques, les humains (et pas que les cuisiniers) n'ont pas leur pareil pour exprimer leur hargne.

Mais dans l'étendue cosmique, les galaxies infinies, nous sommes bien minuscules, hélas.

Un peu comme si une molécule ou un atome portait un chandail de Metallica.

*

— Non merci, pas de fromage dans mon cheeseburger. J'en ai à la maison.

Je suis au snack du coin. Un plat à emporter.

— Me feriez-vous aussi un rabais sur le pain et les condiments? J'ai déjà tout cela. Combien pour la viande uniquement?

D'habitude, je m'en tiens aux hot-dogs.

C'est le mets le moins cher à la cantine mobile et au petit *fast food* de mon quartier. Cette fois, je me suis laissé tenter par le hamburger. Menu digne d'un grand duc.

La cantine mobile n'offre pas, elle, ce mets délicat. Du moins, pas la nuit, lorsque je travaille. Elle passe généralement vers trois heures du matin, au grand bonheur des quelques employés des nombreuses usines ouvertes la nuit.

Lorsqu'elle arrive, faisant entendre sa sirène, nous accourons tous comme le chien de Pavlov. Les frites et les sacs de chips hors de prix dansent de folles farandoles dans nos mains gravelées, et nous oublions, l'espace d'un hot-dog et d'une boisson gazeuse, notre condition.

Puis elle repart au loin, telle Artémis dans la nuit avec ses mets préparés, nous laissant cruellement à nos âmes chagrines et nos espoirs déçus.

Pourquoi le cantinier a-t-il droit, lui, à ce travail si agréable ? Je donnerais tout pour avoir son boulot.

Assis confortablement sur ses sandwichs et ses beignes fourrés, sillonnant le parc industriel, les seuls efforts dignes de ce nom étant d'activer sa sirène et d'ouvrir l'étalage lorsqu'un estomac en perdition lui quémande une barre de chocolat ou une danoise...

Le propriétaire de la cantine mène la belle vie.

✳

Quatorze février. Ma fête.

Petit restaurant, ambiance morne. Seules deux personnes, en début de soirée, étaient présentes. Des habitués du restaurant, que je ne connaissais pas.

Je n'ai jamais aimé célébrer mon anniversaire.

Au mur, quelques ballons que ma mère est venue poser cet après-midi avec ma sœur.

« Joyeux anniversaire, Marc », peut-on y lire, si on s'en approche. Je vois ces mêmes ballons à mon anniversaire depuis au moins dix ans. « Ne fais pas attention au nom écrit dessus, ils étaient en solde et j'en ai acheté une pleine caisse », m'avait-elle expliqué à l'époque lorsque j'avais osé émettre un commentaire à ce propos.

Plus tard heureusement, ce couple d'amis, Louise et Robert, sont venus faire un tour.

Nous avons sommairement discuté, raconté quelques blagues ennuyeuses, évoqué de creux sujets. La soirée ne s'est pas éternisée.

— C'est sûr que ce soir, ça n'était qu'une simple répétition..., s'est excusé Robert, en fin de soirée, alors que je tentais désespérément d'avoir du plaisir.

Non, c'était nul, évidemment...

— Mais on va faire quelque chose de plus gros, pour souligner ton anniversaire..., a-t-il ajouté, honteusement.

Rentré à pied sous la neige, étrangement pressé de retrouver mon logement, aussi désespérant soit-il. J'étais fatigué de combler tous ces silences agonisants.

Et puis, je n'avais rien d'intéressant à dire.

C'est effarant, toutes les conversations ayant lieu sur terre en ce moment. On devrait les économiser un peu. Un jour, on les aura toutes épuisées et c'en sera fini de ce babillage.

Papoter, pérorer sans fin, voilà ce à quoi s'applique la majorité d'entre nous.

Quand je songe à tous les propos insignifiants qui pollueront encore les conversations, pour tous ces siècles à venir...

Personne ne pourra dire que je n'ai pas tiré la sonnette d'alarme.

*

La fausse candeur des enfants, parfois. Leur innocence feinte.

Je suis incapable d'endurer cela très longtemps.

Leur crédulité, leur pureté, leur « ce nuage ressemble à un éléphant », etc.

Ils savent très bien qu'ils ne sont que des enfants. Et que rien encore n'est grave, qu'on finira bien par leur donner des biscuits, un verre de lait et leur petite doudou.

Les petits pois lancés au visage durant le repas, passe encore, m'embarrer dehors en robe de chambre, par moins dix, aussi, à la limite.

Mais me faire des grimaces à la fenêtre de mon demi-sous-sol…

Ils vont bientôt voir que non, un nuage ne ressemble pas à un éléphant. C'est un nuage, et c'est tout, et les éléphants n'ont pas une trompe aussi large, ce n'est que pur délire, et qu'on en enferme dans des cellules capitonnées pour moins que cela.

D'ici là, c'est moi qui risque de m'y retrouver, en cellule, surtout si les gardiennes d'en haut me voient ainsi.

En attendant que ma sœur vienne enfin chercher ses adorables bambins, j'ai dû aller me réchauffer près du camion devant l'immeuble, dans lequel barbote, pour l'éternité semble-t-il, le chaud et nauséabond goudron.

*

Garder mes neveux, hier, m'a épuisé.
Suis resté au lit aujourd'hui.

Pour dire la vérité, je me suis levé tard et suis allé dîner au petit restaurant, le Café de Paris, ou peu importe son nom.

À un moment, le serveur a annoncé que la boisson gazeuse à la fontaine était à volonté...

Quelque chose s'est produit dans ma tête.

Un ange est passé.

J'allais enfin pouvoir en avaler de grandes gorgées, entre chaque bouchée, j'allais les rouler, ces pauvres naïfs! Me gaver, m'en gargariser, de leur boisson gratuite, en inonder mon repas...

Tout ceci me revient alors que mon système évacue tranquillement tout ce sucre. Le médecin a dit que j'avais été chanceux.

Ça m'apprendra à profiter des bonnes occasions.

À propos d'occasions, j'ai de nombreuses paires de souliers, mais toutes me font mal après quelques pas.

Ce sont des souliers que j'ai achetés à rabais, qui étaient bien jolis dans la vitrine, mais comme me l'a clairement expliqué le vendeur, après avoir refusé un remboursement, « ils ne sont, en fait, pas véritablement conçus pour marcher. Oh, quelques pas, peut-être, sans doute, mais pas davantage. »

Les gens que l'on voit dans la rue ont l'air bien nonchalants, dans leurs vêtements, et ont l'air de se ficher éperdument de ce qu'ils portent.

Mais il fut un moment, dans la salle d'essayage, où ils doutaient terriblement.

«Ne devrais-je pas prendre la noire? J'aurais dû essayer l'autre taille…»

Magasiner des vêtements donne momentanément à son existence une touche d'inachevé. C'est s'exposer, avouer sa vulnérabilité.

«Tiens tiens, on achète des vêtements? On se sent mal dans sa peau avec les habituels?»

«On essaie de cacher sa véritable personnalité? On veut camoufler un défaut? On se cherche encore, à son âge?»

Les personnes âgées, elles, ne perdent pas de temps dans les salles d'essayage. Elles se fichent complètement de savoir si ça leur va ou non. Elles bousculent, comme nous l'avons vu, les gens dans les files au comptoir.

C'est du moins ce que je ferai à leur âge.

*

L'un des nombreux avantages du demi-sous-sol est d'être l'un des premiers informés lorsqu'il y a une inondation dans l'immeuble.

Argument que m'avait servi la concierge le jour où j'ai emménagé.

C'est arrivé ce matin.

J'ai ouvert les yeux et senti le monde (les meubles et les boîtes, en fait – tel est mon monde) vaciller autour de moi.

Une présence humide.

Des clapotis à côté de mon oreiller, des bruits de vagues.

Du coin de l'œil, j'ai constaté que flottaient autour de moi, en vrac, quelques effets : mon casse-tête, les dossiers de souvenirs, la mèche de cheveux d'une jeune fille qui n'a jamais su que j'existais, etc.

J'ai su plus tard qu'un des enfants de la garderie d'en haut avait ouvert tous les robinets avant que le groupe n'aille se promener.

Rien de mieux qu'une inondation pour vous ramener sur terre.

Mes souvenirs sont à oublier.

C'est la goutte de trop. C'est décidé, je vais partir d'ici.

*

Sans vouloir m'éterniser sur la question, disons que je n'ai pas eu de petite amie depuis très, très longtemps.

Quand j'ai le moral vraiment trop bas à cause de cela, je me dis qu'après tout, j'ai la femme à la voix suave sur mon répondeur. Devant l'aridité de ma vie sexuelle, donc, un collègue me conseille régulièrement d'appeler une prostituée de sa connaissance.

Après des mois d'hésitation, j'ai finalement composé son numéro.

Elle est arrivée pile à l'heure.

J'avais tout de même eu le temps de faire un petit ménage, d'éponger ce qui était encore humide, et de rendre l'endroit présentable. Ce qui fut fort utile, puisque la fille de joie en question s'avéra être une de mes cousines.

Nous avons fait semblant de ne pas nous connaître un instant, elle a prétexté s'être trompée de porte, puis feignant de la reconnaître soudain, je l'ai invitée à entrer. Nous avons discuté de tout, mais surtout de rien, elle, affublée d'un porte-jarretelles rouge, et moi en sous-vêtements.

*

Journée de congé, passée avec Povilas.

Cet individu me permet de relativiser mon propre malheur. Je le quitte presque toujours le cœur léger.

Ça me remontera le moral, me suis-je dit, de passer un peu de temps avec cette véritable épave.

Je suis allé le chercher chez lui.

Comme expliqué précédemment, Povilas vit dans un véritable trou. Aucune fenêtre, pas d'aération à part les fissures au plafond et sur les murs. Je n'y croyais pas véritablement avant de frapper à sa porte.

Tout d'abord, il a fallu que je passe, stupéfait, par le domicile de particuliers. Povilas habite un hangar situé à l'arrière du logement d'une famille, qui le lui loue illégalement (il est interdit de vivre dans un hangar – comme si des gens désiraient vivre dans un hangar).

Il ne peut sortir de l'endroit que quand les propriétaires sont présents. Il doit alors frapper à leur fenêtre, espérer qu'ils seront disposés à lui ouvrir, puis traverser piteusement leur logis et quémander la permission d'y repasser plus tard, à la condition que ceux-ci soient présents, conciliants, et d'humeur agréable.

Le hangar lui-même jouxte un autre hangar identique, attenant au logement voisin, voisin qui loue lui aussi le sien à un individu dans la même situation que Povilas.

C'est-à-dire désespérée.

Lorsque les propriétaires de l'un ou de l'autre ne sont pas là, ils peuvent toujours passer par l'autre hangar, puis l'autre appartement, grâce à un balcon arrière commun. Bref, toute sortie ou entrée devient une entreprise laborieuse et interminable.

Comme Povilas ne répondait pas, je suis entré.

Dans la pénombre, j'ai eu le plus grand mal à le reconnaître. Une seule ampoule, nue, au plafond, éclairait péniblement le taudis.

Aucun meuble, pas de décoration ni d'électroménager. Des murs de faux cèdre, comme pour préserver à jamais ce qui croupit à l'intérieur.

Sinon, une chaise renversée, un téléphone à roulette taché de peinture, deux ou trois chiffons sur le sol, dans le nuage de poussière qu'a soulevé la porte en s'ouvrant.

Je n'ai pas compris comment il faisait pour vivre dans cet endroit, et n'ai osé le lui demander.

Rapidement, après le petit verre de vodka qu'il m'a offert, j'ai proposé qu'on déguerpisse.

Dans la rue, il m'a dit que tout cela était temporaire, que la famille était très gentille, que parfois même on lui donnait la permission d'utiliser la salle de bain, pour prendre une douche (le reste du temps, il se débarbouille dans la salle des cuves, à l'usine).

Nous avons décidé d'aller au cinéma.

Comme le film était présenté un peu plus tard, nous sommes allés manger une bouchée.

« Je vais retourner en Lituanie, cet été », m'a-t-il annoncé, devant deux hot-dogs.

Il m'a invité à venir le voir dans son village natal, au nord-ouest de Vilnius, au mois d'août.

« C'est superbe, tu verras. Sauf s'il pleut. Ou s'il vente. »

Je l'ai remercié de l'invitation et lui ai dit que j'y réfléchirais.

Il est vrai que j'ai besoin de vacances. Je ne sais par contre si c'est le genre de destination que je privilégierais. J'ai le moral à zéro, et un peu de vitamine D, de palmiers et de plages serait peut-être davantage approprié que la grise Lituanie.

Notre repas s'achevait.

Celui-ci incluait un café, que j'ai voulu donner à Povilas.

— C'est défendu.

— Pardon ?

— C'est strictement défendu, me répète la serveuse. Ce café est pour vous. Si vous n'en voulez pas, je vais le jeter, voilà tout.

— Mais enfin…

— Si les lèvres de votre ami effleurent seulement le liquide fumant, vous aurez de mes nouvelles.

C'est sur ces gentils mots que nous nous sommes rendus au cinéma. Nous n'avons pu faire consensus sur un film, et sommes allés chacun dans notre salle.

Bon prince, j'ai changé de salle à la moitié du mien pour aller le rejoindre, mais n'ai pu le trouver dans la pénombre.

Une fois le film terminé, pas de Povilas.

Il n'était pas entré dans la salle, finalement.

Il était retourné chez lui se coucher.

MARS

On croit souvent qu'avec du changement, quelque chose de neuf, une nouvelle coupe de cheveux, par exemple, tout va changer dans notre vie.

Je reviens du coiffeur, et tout ce qui va changer, c'est que désormais on va m'appeler « tête de gland ».

J'ignore pourquoi je vais encore chez le coiffeur.

Je ne sors à peu près que la nuit, pour aller travailler.

Vraisemblablement, je fais tout cela pour les beaux yeux d'une cuve de cyanure.

*

— Vous n'allez pas vous faire une copine et emménager avec elle dans son appartement en plein milieu de l'année, n'est-ce pas ? m'a demandé, suspicieux, le propriétaire. Trouver la femme de votre vie, fonder une famille, être heureux ?… Je peux vous faire confiance ?

— Oui.

— J'ai eu de multiples visites pour ce logement, je louerai à celui qui me semble le plus désespéré, la personne ayant le moins de chances de se trouver quelqu'un. Et d'ailleurs, si l'idée vous avait traversé l'esprit, je ne veux pas de visite : l'appartement est situé au-dessus du mien. Aucun bruit ne sera toléré.

Bon. Je commence à être habitué à ces règles dignes d'Alcatraz.

Suis allé visiter des logements aujourd'hui.

Tous abjects, même un rat pestiféré ne voudrait y demeurer. Plusieurs propriétaires réclament un mois d'avance, quand ils ne veulent pas voir les bulletins d'école primaire, des lettres de recommandation de l'archevêque et Dieu sait quoi d'autre.

Idéalement, j'aimerais un appartement en hauteur. Ce sera plus commode si l'envie me prend de me jeter par la fenêtre.

Le dernier logement visité avait un semblant de bon sens. Son propriétaire me donnera sa réponse d'ici un mois.

Une chose est sûre, je ne resterai pas dans mon infâme appartement.

Je vais de ce pas annoncer à cette imbécile de concierge que je pars, que je ne remettrai plus jamais les pieds dans cet endroit.

— Non. C'est moi qui vous mets à la porte.

— Quoi ?

— Vous avez bien entendu, je vous mets dehors. Ou plutôt je vous exproprie. L'immeuble a été vendu. Des logements décents y seront construits. Finis les taudis.

C'était donc ça les bruits de bottes qui claquent. Un promoteur.

— Bon, je n'ai plus de temps à perdre à vous parler. Quoi qu'il en soit, vous allez devoir lever les pattes, et vous trouver un autre trou à rats.

Tout ça ne change strictement rien, je m'en allais de toute façon.

On repassera pour ma sortie fracassante cependant.

*

« Conservez cette copie pour vos dossiers ».

Cette phrase, placée en en-tête des factures et comptes, me fascine. Pour quel genre de rat de sous-sol d'archives me prennent-ils ?…

Je la conserverai, avec tous les égards qui lui sont dus, cette facture, si c'est ce que vous voulez… Où, je n'en ai pas la moindre idée… Mais de grâce, cessez de me parler de mon attaché-case imaginaire et de mes classeurs tirés du royaume des songes.

Le plus pathétique dans l'histoire, c'est que j'en ai bien quelques-uns, de dossiers.

Mais je n'ai pas encore passé le cap d'y ranger autre chose que quelques gribouillis d'enfance ou les tickets de navets vus au cinéma.

Y insérer des factures ou des talons de chèques n'améliorerait strictement rien à l'affaire.

J'en suis à me demander ce qui pourrait bien l'améliorer, l'affaire.

Comment améliorer sa vie, lui donner un sens ?

Les gens qui ont fait de grands exploits, découvert des continents… sentaient sans doute très mauvais lorsqu'ils réalisèrent leur prouesse.

On ne peut pas tout avoir dans la vie, messieurs les explorateurs. Je profite de la vie, moi ! Je ne me gèle pas les couilles sur la banquise pour découvrir l'Everest…

Oui, je profite de la vie. Du moins je crois.

Mais comment profiter de la vie, exactement ? Boire du lait de coco, danser nu sur la plage ? Est-ce là le bonheur ?

Quelle est la véritable recette du bien-être, d'une vie réussie ?

Est-ce que travailler de nuit à fabriquer du cyanure est au nombre de ces composantes ?

Je ne demande même pas d'être heureux, simplement de pouvoir profiter de la vie. Après tout, je ne suis pàs véritablement mésadapté, je ne suis pas grabataire ni encore dans la rue…

Cette liste de bienfaits est navrante.

Mais c'est vrai, je n'ai pas la peste noire!
Hourra.

＊

J'ai décidé d'accepter l'invitation de Povilas pour cet été. Au diable l'endettement, je réglerai le billet d'avion avec ma carte de crédit.
Je verrai à rembourser cela à mon retour.
Ce voyage devrait me sortir de mon marasme.

AVRIL

Cela fait six mois aujourd'hui que je tiens ce journal.

J'ai acheté pour l'occasion un joli gâteau au miel, avec de la crème frangipane et des rosettes de toutes les couleurs.

J'aime bien le miel. J'ai lu quelque part que ce produit avait des propriétés nutritives et médicinales extraordinaires. Et puis, c'est entièrement naturel. Ce sont, comme on le sait, les abeilles qui le produisent.

Comme j'aimerais aussi butiner d'aventure en aventure.

Croisé la concierge dans l'escalier, eu envie, dans un accès d'enthousiasme, de l'inviter à manger un morceau de gâteau chez moi. Après tout, ce n'est pas un monstre.

Elle m'a répondu sèchement « Non merci ». En se retournant avec ses sacs de déchets, elle a accroché le gâteau, qui est tombé par terre, et comme je me penchais pour le ramasser, elle a marché dessus.

*

Le printemps est officiellement de retour.

Mais les fenêtres sont tellement sales qu'on ne pourrait affirmer avec certitude si derrière la vitre se trouve un mur de brique ou un champ verdoyant.

En fait, je sais très bien ce qui s'y trouve.

Et si j'ai une soudaine envie de nager dans le goudron, je n'aurai pas à aller loin.

Viré le logement à l'envers pour trouver mon baptistère. J'en ai besoin pour le passeport. Je me souviens vaguement de l'avoir vu barboter dans l'eau brunâtre, le jour de l'inondation, mais je ne peux en être certain.

Pour les papiers officiels de mon voyage, il faut une signature d'une personne certifiée, m'a expliqué la dame au comptoir.

— Comme qui?

— Eh bien, un juge. Ou un notaire. À la rigueur, un comptable.

— N'importe qui, finalement.

— Ne faites pas la forte tête, ou je vous refuse l'admissibilité, a-t-elle tempêté. Et vous resterez bien sagement tout l'été dans votre sous-sol, ainsi que je peux le lire sur votre formulaire.

Partir en voyage vous expose, comme un cadavre d'animal, à toutes les attaques et les railleries.

De plus, différentes sortes de vautours veulent s'enrichir avec vous. Vous devenez une manne pour ces rapaces, un véritable distributeur de billets, tout juste s'il n'y a pas une file devant vous.

Quant aux connaissances, la seule chose qui les intéresse dans votre voyage, c'est vous gaver de leurs propres expériences, vous démontrer la profondeur de votre ignorance, ou à la limite que vous leur racontiez quand vous êtes tombé dans une mare pleine de sangsues.

Je me mets à la recherche d'un notaire dans le bottin téléphonique, en fumant une cigarette.

Je suis un non-fumeur social. Je ne fume pas uniquement en société. La présence des autres me perturbe dans cette entreprise. J'ai l'impression qu'on m'observe, que je tiens mal ma cigarette, et que je ne suis pas à la hauteur. Tout cela est un grand facteur de stress.

J'ai aussi dû contacter la paroisse de mon enfance pour prendre rendez-vous avec le curé concernant mon baptistère non retrouvé. Il m'a répondu, irrité, qu'il tâcherait de retrouver le papier, qu'on ne l'appelait toujours que pour ces choses, qu'il en avait plein le dos de tous ces grands dadais qui lui quémandaient ces idioties, que le vin de messe, ça ne se payait pas tout seul, ni le brandy d'ailleurs, et que s'il avait su en me baptisant les problèmes que ça lui causerait en recherche de paperasses, il m'aurait noyé dans le bénitier.

*

J'ai reçu aujourd'hui une invitation de ce couple d'amis, Louise et Robert, pour passer une fin de semaine avec eux à leur maison de campagne.

Je n'ai pas voulu leur répondre tout de suite, car rien ne me tente moins que cela présentement.

Et puis, si j'accepte, c'est la preuve que je n'ai rien de mieux à faire, non?

Parce que nous ne sommes pas dupes.

Oh non.

Les gens, dans les soirées, semblent bien au-dessus de leurs affaires.

Mais le fait qu'ils soient là prouve bien qu'ils n'ont rien d'autre à l'agenda, que leur vie est, pour ainsi dire, une page blanche qui n'attend qu'un coup de téléphone pour s'animer, sans quoi c'est le néant, le vide intersidéral, le désert de Gobi.

D'abord, comment expliquer que leur bonheur m'accable?

Que si je les accompagne à leur chalet, j'en reviendrai probablement plus abattu que jamais?

Et puis, de quelle façon puis-je savoir que c'est véritablement à cet endroit que mon destin m'appelle?

Que je ne manquerai rien, en ville, durant ce week-end? Comme l'invitation à souper de la nouvelle employée de l'usine?

Comment savoir si on doit sortir aujourd'hui, et pas demain ? Que c'est ce soir qu'on va la rencontrer, la perle rare, et pas un autre jour, alors qu'on sera trop fatigué et qu'on sera resté à la maison ?

Et comment savoir où aller ?

En allant au restaurant, elle sera peut-être ailleurs.

Dans tel café, elle sera allée au cinéma.

Elle est peut-être même dans une autre ville. Sur un autre continent.

Quel échec.

Comment ont fait tous ces couples que je vois passer dans la rue ? Où rencontrerai-je la perle rare ? Probablement pas au fin fond de la campagne avec ce couple trop heureux de vivre.

*

Pensée du jour : on ne pense pas souvent aux coquerelles mâles.

Ou encore aux panthères mâles.

Si tel est le cas, on a décidément un surplus de temps à perdre.

*

Enfin une bonne nouvelle : le propriétaire de l'appartement que j'aimais bien a accepté ma candidature.

Un problème de réglé. Je vais donc quitter, pour toujours, l'endroit où je vis. Finis le goudron et les coquerelles, femelles ou mâles.

Oui, terminé.

J'ai peine à y croire, mais force est d'admettre que les astres m'étaient favorables dans ce dossier.

Parlant de dossier, j'ai finalement réussi à dénicher un notaire. Il va me facturer le prix fort, comme il me l'a gentiment expliqué, mais peu importe. Ne manque plus que le baptistère, et je pourrai avoir mon passeport.

Oui.

J'ignore pourquoi je me donne tout ce mal pour ce voyage.

Je ne suis jamais parvenu à me faire des souvenirs de qualité.

Si je vais camper, il pleut. Si je veux aller au musée, il est fermé; à l'hôtel, des marteaux-piqueurs rugissent à côté de mon balcon.

Je suis certain que si je me rends un jour en Égypte, les pyramides se seront écroulées la veille de mon atterrissage.

*

Des développements encourageants avec la nouvelle employée.

Je me suis enfin décidé à l'inviter.

Et je crois que la cérémonie de thé que j'ai organisée l'a, contre toute attente, conquise.

Comme il ne restait plus de sachets de thé, j'ai opté pour du café. Certes, le café instantané n'est pas la boisson la plus agréable au goût, mais elle n'a pas semblé en être incommodée. C'était ça ou du thé glacé réchauffé au micro-onde.

Nous avons bavardé gentiment. Du moins avec ce que le bruit des réfrigérateurs et du néon défectueux de la cafétéria nous permettait de saisir.

« On se croirait en plein palais impérial », a-t-elle soufflé sur son gobelet de thé en *styrofoam*. Les yeux dans le vague, rêveuse, elle m'a parlé de son éventuel voyage au pays de Mao, de ses pagodes, de la visite guidée de Saigon qu'elle compte bien y effectuer.

Je n'ai eu ni le temps ni le courage de lui demander un rendez-vous officiel au cinéma : avant que j'aie pu le réaliser, elle me remerciait gentiment pour la cérémonie et reprenait rapidement le chemin de son cubicule, les factures de cyanure ne pouvant visiblement plus attendre.

À la sortie de l'usine, Povilas m'a encore traîné chez lui pour boire un coup. Moi, tout ce que je voulais, c'était aller me faire oublier à jamais sous les draps de mon lit (la causeuse). Mais il m'a convaincu, me promettant une folle soirée, ou plutôt une folle matinée en sa compagnie.

Nous avons bu de la vodka, dans son appartement. Son hangar plus exactement.

Je lui ai parlé de la fille de la comptabilité. Il m'a regardé, nous avons continué à boire. Peu après, Povilas dormait profondément, la tête affalée sur la table. En marchant vers chez moi, parmi tous ces gens qui commençaient leur journée, je me suis rappelé les propos qu'il avait tenus avant de s'endormir. « Un vieux proverbe lituanien dit : "N'écoute pas le vieux proverbe lituanien. Il te perdra." »

*

Vient une seconde particulière où on commence officiellement à avoir envie d'uriner.

Comme je n'ai rien d'autre à faire, j'écris dans mon journal. Ce qui, au final, n'est pas un bien gros legs à l'humanité, étant donné ce que je viens d'y écrire, à savoir le fait que je possède un journal, ou encore que j'ai envie d'uriner.

Ainsi, donc, vient une seconde particulière où on commence officiellement à avoir envie d'uriner.

Il en est ainsi de toutes les autres sensations.

On est déprimé et, la seconde d'après, joyeux, on a faim ou on s'ennuie.

Il y a une seconde précise où les gens commencent à s'ennuyer, comme par enchantement, clac, ça y est, ils s'ennuient. Sauf ceux, bien sûr, qui prétendent que ça ne leur arrive jamais.

Ces personnes clament haut et fort qu'elles ont toujours quelque chose à faire, un article à lire, un tuyau à réparer, une collection de macarons à classer, un tour à faire aux toilettes.

Pathétique, si vous voulez mon avis. Mais tant mieux pour eux si ça les satisfait.

Avoir envie d'uriner est ennuyant, l'on ne peut cependant considérer s'ennuyer lorsqu'on a envie d'uriner, notre esprit étant occupé à autre chose, à avoir envie.

Toujours selon cette théorie, se faire fouetter ou jeter aux requins ne sont pas non plus des activités endormantes.

Notre civilisation n'aura décidément aucun secret pour les gens du futur qui tomberont sur ce journal.

⋆

On se douche, on se prépare, on se vêt de ses plus beaux atours, plein d'espoir. Puis on arrive à l'endroit tant attendu, et la serveuse nous dit d'attendre.

Le barman ne comprend pas notre blague, n'a pas la sorte de bière que l'on désire, nous méprise avec notre minable pourboire, ou entre dans une colère noire, car on n'a que des grosses coupures.

Bafouiller en parlant à une connaissance, marcher sur le pied de quelqu'un… Rien n'est jamais acquis dans la vie, c'est un combat de tous les instants.

Voilà pourquoi je reste à la maison en ce samedi soir.

MAI

Mauvais rêve.

Extérieurs.
Je n'entends rien, ma vision est floue.
Je ne comprends pas ce que les protagonistes du rêve tentent de me faire comprendre. L'action est décousue. Je crois même avoir aperçu un micro au bout d'une perche.
Très mauvais rêve.

On dit qu'il faut aller au bout de ses rêves.
C'est bien joli, mais si on n'en a aucun?
Et si par miracle on en a, et que l'on s'y rend, au bout.
Que fera-t-on, ensuite?
Je n'en vaux vraiment pas la peine, doivent se dire mes rêves.

*

Comme je travaille sur appel, je n'ai jamais l'impression de mériter des vacances, aussi je n'en prends jamais. Un autre merveilleux avantage de mon emploi.

Mais cette fois, j'ai décidé de penser un peu à moi, et de cesser de m'en faire pour les cuves de poison.

Je vais donc céder et accepter l'invitation au chalet de Louise et Robert.

Mais pour l'après-midi seulement.

Je prétexterai quelque chose, n'importe quoi, une partie de baseball de quartier, pour m'éviter d'y rester toute la soirée.

*

Alors que je suis déjà en train de regretter ma décision, la voiture de Louise et Robert arrive devant mon immeuble. Mon plan est de repartir à la tombée de la nuit, en autobus.

En chemin, ils m'expliquent qu'un autre couple d'amis, que je ne connais pas, nous attend déjà sur place. Une composante de l'équation à laquelle je n'avais pas pensé, qui multiplie par dix mon appréhension.

Après une interminable saga au village pour trouver, à ma demande, l'horaire des autobus, nous arrivons enfin au chalet où se trouve déjà, comme promis, le couple ami qui nous regarde arriver, sur le balcon, avec des yeux de morue.

La journée va être longue.

Très longue.

Il m'a fallu subir les sermons sur les bienfaits de l'air pur, entendre à quel point Louise et Robert aimeraient vivre à la campagne et non plus en ville, malgré leur bel appartement dans un quartier décent, « pas comme dans ton coin, c'est terrible », endurer longuement un exposé sur les différences entre un bardeau de toit et un bardeau de véranda, puis les multiples recettes possibles à base de citrouille, le déroulement, heure après heure, de la journée typique au bureau des deux soporifiques invités, jusqu'à ce que les conversations s'estompent enfin.

Je n'allais pas commencer à leur parler de ma propre routine, à moins de vouloir que le camion de la morgue vienne chercher tout ce beau monde.

La journée défile donc lentement, à ne rien faire. Le lac est trop froid pour s'y baigner, et impossible d'aller polluer la forêt en véhicule tout-terrain, il est en panne.

Vers la fin de l'après-midi, ramassant prestement mon sac et mon manteau, j'explique au groupe que malheureusement, on m'attend urgemment à cette partie au parc près de chez moi, quand soudain, de grands éclairs jaillissent dans le ciel, derrière mes hôtes. Rapidement, le tonnerre, au loin, se met à gronder.

Horreur.

— Allons, Normand… Tu ne vas pas jouer dehors par ce temps, m'explique Louise, la voix couverte par l'orage.

— On annonce de la pluie incessante jusqu'à demain, m'explique l'autre idiot du couple de merlans.

— Ah non, vous vous trompez (je me débats férocement), le baseball se pratique même sous la pluie. Oui oui. Et on m'a bien expliqué que la partie aurait lieu quoi qu'il arrive…

— Voyons, voyons, tout cela n'a aucun sens, m'explique Louise. À t'entendre, on dirait que tu cherches une excuse pour t'en aller. Allons. Tu restes ici, c'est décidé. Bon. Normand et vous (le couple ennuyant), vous allez attendre ici pendant que nous irons au village faire les emplettes. Nous avons besoin de nourriture pour sustenter tout ce monde, et pendant tout le week-end !

Ils ont décidé d'aller au village à pied. Malgré la pluie. À plus de trois kilomètres.

Me voici donc dans ce salon, en compagnie de parfaits étrangers. Obligé d'écouter des propos totalement dénués d'intérêt, et, pire encore, de trouver moi-même quelque plat lieu commun à ânonner, le tic tac de l'horloge nous rappelant toutes les quinze minutes la langueur infinie dans laquelle nous sommes plongés.

Ce couple d'amis n'est pas bien méchant, là n'est pas la question. Simplement, je n'avais pas le goût, mais pas du tout, de lier connaissance, de sourire bêtement, de discuter jusqu'à plus soif.

D'ailleurs, eux non plus ne semblaient pas vraiment enchantés de se retrouver avec cet étranger, sans les personnes-liens qui nous unissaient, lesquelles n'avaient pas spécifié qu'elles inviteraient leur ami célibataire et dépressif.

Le mari s'est rapidement endormi dans son fauteuil. Son épouse, une femme de convenance, a tenté de garder vivante notre « conversation », celle-ci hoquetant sur le respirateur artificiel depuis une bonne heure, depuis le moment où j'ai annoncé que je travaillais là où je travaille. J'aurais dû lui dire que j'étais entrepreneur, comme son mari.

Et que j'entreprenais justement de me sauver dans la forêt.

Rien ne s'est arrangé quand Louise et Robert sont revenus, des heures plus tard, à la tombée de la nuit.

— Mais où donc étiez-vous passés ?

Ils avaient rencontré des voisins, qui leur avaient fait visiter leur terre, offert un café et une pointe de tarte maison.

— Vous savez comment c'est, on ne peut pas dire non… Tu aurais dû goûter ces bleuets, Normand ! Un péché !

— Oui, bon, eh bien, vous allez m'excuser, la pluie a cessé, il est tard, je vais à mon tour marcher jusqu'au village pour prendre mon autobus. Quelqu'un a vu l'horaire, je crois que je l'avais déposé ici tantôt…

— Près de la pile de journaux ? J'ai tout balancé dans le feu… Désolé.

Voilà comment j'en suis venu, grâce à ce crétin de mari dont je ne savais pas même le nom, à devoir rester sur place, dans ce chalet de l'agonie, et comment une simple invitation à passer la journée s'est transformée en une longue odyssée dans les limbes du désespoir et de l'ennui, et pas besoin de spécifier que les deux chambres étaient évidemment occupées par les couples et que j'ai dû dormir dans la véranda, couché en chien de fusil sur un petit sofa poussiéreux.

Ce qui n'a pas changé grand-chose à mon quotidien, finalement.

Quand je suis revenu, le lendemain, il y avait un message sur mon répondeur. Le seul que j'ai eu depuis des mois. C'était Povilas.

Une fête de quartier avait été organisée dans sa rue, et l'employée de nuit de l'usine était présente, à cause d'un voisin dont elle est la sœur.

Elle lui aurait paraît-il demandé si j'allais venir.

*

Il est presque agréable, cette semaine, d'aller travailler. Au moins, je n'ai pas à faire la conversation.

Aujourd'hui, je dois aller chercher mon baptistère chez le curé. J'appréhende un peu la chose, notre seul échange au téléphone m'ayant laissé un goût légèrement amer.

Je demande à mon supérieur si je peux partir plus tôt aujourd'hui.

— Et le camion de la Cyanitide?

Je déteste ces contractions de mots. Cette compagnie, affiliée à Cyanibec, a jugé bon à son tour de réunir cyanure, cette fois-ci, avec « Laurentides ».

— Je l'ai tout vidé. Ça m'a pris pratiquement toute la nuit. Mais j'ai enfin ter...

— C'était pas le bon. Gérard m'a dit que tu t'étais trompé de camion. Alors tu remettras tout dedans et tu videras l'autre. Ensuite tu t'en iras. À moins que ton autre quart de travail soit déjà commencé.

À ma pause, j'ai dû téléphoner au curé pour lui expliquer que je viendrais le voir une autre fois, à son église.

Après un court silence, il m'a expliqué, en hurlant, que c'est ce qu'on lui répondait toujours, que malgré sa vie exempte de relations, on ne cessait de lui poser des lapins, que seul le brandy ne le décevrait jamais, et que s'il avait su quel genre de fidèle je serais lors de mon baptême, il m'aurait assommé avec le tabernacle.

Ou quelque chose comme ça.

Comme Cyanibec a encore des problèmes de liquidité, et que je ne souhaite pas particulièrement être payé avec la spécialité de la maison, je n'ai pas encore reçu ma paie, et n'ai pu faire l'épicerie.

Au menu, ce matin, donc (après trois quarts de travail d'affilée, à cause du camion) : purée de pomme de terre, et purée pour enfants en solde, achetée pour les pique-niques des neveux (même si ma sœur m'a hélas dit qu'ils étaient beaucoup trop vieux pour cela, je leur en donne tout de même).

« C'est très bon, vous verrez, ai-je souvent entendu, même pour les adultes. »

Des semaines que je mange ces petits pots avec une girafe et un orang-outang dessus, saveur banane-abricot.

*

Suis allé au fameux spectacle d'humour ce soir.

« Nous sommes assis dans la première rangée ! » s'extasiait Povilas.

Le supposé comique a fait ses facéties, puis, à un moment, est descendu dans la foule et a demandé un volontaire pour monter sur scène.

Peut-être est-ce parce que je regardais le sol, ou qu'il trouvait que j'avais une tête d'abruti, je n'en sais rien.

Toujours est-il qu'il s'est planté devant moi, et n'a consenti à bouger que lorsque j'ai accepté de le suivre vers ce qui serait les quinze minutes parmi les plus humiliantes de toute ma vie (les autres étant toute la suite du spectacle, où il fit constamment référence à moi).

J'ai été humilié, écrasé, ma réputation foulée aux pieds, mes cheveux légèrement gras montrés en gros plan, et déshabillé (à un moment, j'étais presque entièrement nu, une pomme dans la bouche et une laisse autour du cou).

Le tout était évidemment télévisé, et j'ai dû signer le contrat de consentement de force, sous les brimades de l'assistance, devant les caméras de la télé nationale.

À la sortie du spectacle, pour consolider l'inutilité de nos existences, nous sommes allés boire. De la vodka, cul sec.

Un avant-goût de ce que sera, je l'espère, notre inénarrable virée en Lituanie cet été.

*

Je garde encore mes neveux aujourd'hui.

Un rendez-vous de ma sœur, supposément urgent.

Si au moins c'étaient les miens, d'enfants, ce serait des efforts bien placés.

Tout cela, finalement, m'empêche, moi, de procréer.

C'est du moins la lamentable excuse que je sors pour tenter de me convaincre que je ne suis pas un *loser*.

Enfin.

Je décide de les emmener au parc, même s'il pleut. Les enfants voulaient rester à l'intérieur pour jouer à leur petit jeu vidéo, mais je n'ai pas envie aujourd'hui de leurs remarques sur l'état lamentable de mon appartement, son odeur, l'absence de femme dans ma vie, etc.

Au parc, un homme sort de son portefeuille la photo de son bambin pour me la montrer (on m'a encore pris pour le père de mes neveux).

N'est-ce pas qu'il est merveilleux ?

Le type a préféré me montrer sa photo, alors que l'enfant en chair et en os jouait plus loin (il était en train de manger de la terre, et n'avait rien de l'angélique garçonnet sur la photo).

Je lui réponds que c'est à peu de chose près le soixante-dix-sept milliardième enfant à naître sur terre.

Cette dernière remarque n'ayant pas eu l'heur de lui plaire, il me fusille du regard, se lève, et court rejoindre son enfant en lui criant de laisser cette terre au sol.

La pluie tombe toujours.

L'homme quitte précipitamment le parc avec son garçon (le soixante-dix-sept milliardième enfant).

*

Je sors du boulot, après une autre double journée de travail.

Comme je ne suis qu'un employé sur appel, tous ces doubles et triples quarts de travail ne me donnent absolument aucun avantage monétaire.

Niet, nada.

Quel emploi gratifiant.

Je n'ai pas toujours travaillé chez Cyanibec.

Avant, j'étais commis dans un magasin de produits d'extermination. Un autre genre de boulot.

Diamétralement différent, me direz-vous.

D'énormes insectes en néons et plastique étaient installés un peu partout dans le magasin. Nous avions tout : tapettes à mouches, gaz toxiques et chèques-cadeaux (de dix et cinquante dollars) du temps des fêtes, pour tout article en magasin ou extermination à domicile.

Mon boulot consistait à tester les nouveaux produits sur les insectes et les rongeurs, à photocopier les chèques-cadeaux et à déposer trappes et poudre un peu partout dans le local, qui était infesté de vermine.

Au moins chez Cyanibec, il n'y a pas de bestioles nuisibles, excepté mon chef de section.

J'ai même droit, chaque année, à quelques échantillons du produit, privilège dont je suis le seul à me prémunir.

J'attends mon autobus, donc.

Il fait déjà atrocement noir. Je n'ai pas de projets, et personne ne m'attend.

Si j'étais un sans-abri, j'aurais peut-être au moins l'espoir de m'en sortir, de me trouver un toit, une vie convenable. Mais je n'ai pas cette naïveté, cette illusion de voir ma situation s'améliorer.

Arrive un collègue, à l'arrêt d'autobus. Nous discutons un peu. Il propose d'aller chez lui le vendredi, on pourra boire une bière, écouter un film, n'importe quoi.

D'accord.

Je crois que j'ai besoin d'un peu de conversation avec un être vivant. Povilas est plongé dans les préparatifs de son voyage et n'a pas beaucoup de temps à me consacrer.

Avec le printemps, tout ça, je crois qu'on va bien s'amuser, ce collègue et moi.

★

Derrière la fenêtre, dehors, toujours, le camion.

Tel Cerbère, il semble protéger l'immeuble.

De quoi, je l'ignore.

Du soleil, probablement. Et de l'air pur.

J'en suis venu à détester tous les camions.

Pourtant, enfant, je les adorais. Des camions de pompiers, à ordures, des camions de toutes sortes. Un auto-collant de camion garnit justement encore le cahier dans lequel j'écris ceci.

Alors que j'observais ce monstre de métal, j'ai encore aperçu les bottes du promoteur, venu faire son tour avec les démolisseurs, pour leur donner quelques dernières instructions.

J'ai juste eu le temps de me cacher avant qu'il ne m'aperçoive.

Je suis, il faut le dire, passé maître dans l'art de me cacher.

Pour la petite histoire, j'ai aussi, jadis, été employé dans une maison hantée.

Je devais avoir environ vingt ans. Mon travail était simple : passer la journée déguisé en fantôme, caché dans un coin sombre pour apparaître en hurlant quand des visiteurs passaient par la pièce où je me trouvais.

Dès la première journée, je m'étais fait casser la gueule par un gros type, quelque peu nerveux quant aux apparitions-surprises de l'au-delà.

Ma dernière et seule journée dans ce parc d'attractions.

J'ai été rappelé vers ma sépulture aussi rapidement que je m'en étais échappé.

*

C'est souvent à travers le regard des autres qu'on se définit.

Le livreur du restaurant, à la façon qu'il a de nous regarder, mon appartement et moi, toujours pareils, avec le même repas, à la même heure, me trouve vraisemblablement pathétique.

Ne sachant pas véritablement cuisiner, je mange assez souvent au restaurant. Et lorsque je n'ai pas envie de sortir, je téléphone pour qu'on me livre mon repas.

Une part importante de mon budget y passe. Mais bon, il faut bien manger.

Parfois, j'appelle des restaurants différents, juste pour éviter que ce soit toujours le même livreur qui se présente à ma porte. Ainsi, je n'ai pas eu le choix, récemment, de commander d'un endroit assez particulier qui servait de la « cuisine du monde », sans plus de spécification.

Après une heure à guetter la voiture par la fenêtre, j'anticipe le pire : cet étrange repas sera immangeable, et surtout, après tout ce temps, froid. Je décide d'appeler.

— Le livreur est-il encore là ? Et d'où part-il, quel est ce *monde* dont vous vous déclarez issus ?

— Il vient de partir, à l'instant.

Évidemment, le livreur est parti. Il est toujours parti.

— Il devrait arriver très bientôt.

— Ah… C'est dommage, j'aurais ajouté un ou deux petits trucs avec ma livraison… (J'ai inventé cette méthode pour les piéger.)

— Attendez…, me répond la réceptionniste. Ah, il est encore là. Qu'est-ce qu'on vous rajou…

— Quoi ?! Je le savais ! Laissez tomber ! Je vous maudis, vous et votre pays ! Et votre culture, quelle qu'elle soit ! J'aurais dû me contenter de hot-dogs, comme d'habitude !

— Non non non… Vous comprenez, notre livreur attend que les commandes s'accumulent, il ne veut pas sortir pour rien… Ah, trop tard, il vient de partir ! Vous

aurez votre commande… un peu tiède, voilà tout…
Clac.

*

Comment fait un héros de film, alors qu'il vient de tomber profondément amoureux, pour résoudre une intrigue complexe, pleine de coups de feu, de requins mangeurs d'hommes ?

De mon côté, j'ai du mal à me concentrer pour préparer un vulgaire sandwich au thon.

Bon. Il faudrait bien que je me décide à lui reparler, à cette employée de nuit.

*

Le petit restaurant à côté de chez moi a une nouvelle administration. Ils ont affiché la nouvelle en grosses lettres sur un panneau.

Je me demande bien ce qui va changer, exactement.

« Les choses ne seront plus jamais pareilles ici ! On a une nouvelle administration. Ça va être… merveilleusement, indescriptiblement différent ! » doivent se dire les nouveaux administrateurs.

On retrouve aussi ce genre d'affiches devant les salles de spectacles.

J'ai remarqué, au fil du temps, qu'ils n'ont jamais assez de lettres en plastique pour écrire au complet ce qu'ils ont à annoncer. Ça donne toujours quelque chose comme : « Cə SO1r, Grɛnd speɔt@c1E »

Je serais prêt à aller leur en acheter, moi, des lettres.

J'aimerais simplement comprendre ce qui est écrit : qui sait, peut-être que ça pourrait me donner le goût d'aller voir le spectacle annoncé ?

La belle harmonie, dans les relations avec les autres, ne tient pas à grand-chose.

Expliquez l'inutilité de leur affiche au personnel d'un restaurant, oubliez par étourderie de laisser un pourboire, et la douce serveuse si prévenante vous engueulera comme du poisson pourri.

Dites ses quatre vérités à votre patron, donnez un coup de pied dans le tibia d'un policier... et toute cette belle harmonie, si fragile, risque de s'écrouler.

Non, ça ne tient vraiment pas à grand-chose.

*

Suis allé chez le docteur aujourd'hui, faire le petit examen annuel.

Il m'a conseillé de boire beaucoup de liquide, de dormir assez et de bien m'alimenter. Je crois que sa secrétaire a rajouté, en ricanant, de ne pas oublier d'aspirer de l'air et de recracher ensuite le gaz carbonique.

Je ne sais pas si c'était une si bonne idée de me le rappeler.

La suite de ma vie me l'indiquera.

Vendredi soir, pour la soirée chez le collègue en question, j'achète quelques bières.

Je me rends chez lui.

— Salut.

— Salut.

Sur la table trône déjà le boîtier d'un film et un bol de pop-corn. Au moment où je m'apprête à lui demander comment il va, discuter un peu de la vie à l'usine, il démarre le film.

— Bon, je vais nous chercher des verres.

— Mmmh…, grogne-t-il.

Quel cinéphile concentré… Nous boirons à la bouteille, me dis-je.

Le film commence, dans le silence du salon.

Mes rares tentatives de relance étant accueillies par des marmonnements, je lui indique poliment que je vais aller fumer une cigarette sur le balcon (je suis, comme je l'ai indiqué, un non-fumeur social).

— Chut!

— Je m'excu…

— Chhhhuutt!

Je me glisse dehors et ne reviens pas.

*

Demandé à mon patron comment il se faisait que je n'avais pas été appelé de la semaine.

— Ah, c'est vrai… Le papier avec les numéros de téléphone des employés sur appel, sur le babillard, s'est envolé par la fenêtre.

Est-ce un signe ?

*

Le beau temps est revenu. J'ai fait un petit tour de vélo cet après-midi (oui, je suis l'un de ces types semi-grisonnants qui se déplacent à bicyclette).

Il fait soleil, donc.
Pour ce que ça va changer.

On dit parfois, pour remonter le moral aux gens naïfs, que quand le temps est mauvais, le soleil brille tout de même derrière les nuages. Je répondrais à ces messieurs qu'à l'inverse, quand il fait beau, c'est simplement qu'il n'y a pas les nuages pour cacher tout ça.

En bicyclette, si une jolie fille attend au coin de la rue lorsque je passe, je ne peux m'empêcher de griller le feu rouge.
Pour ne pas avoir l'air du bon petit garçon.
Pour affirmer mon incontestable virilité, la séduire follement avec mon côté aventurier intrépide…
« Oh ! Il a été le premier à passer ! C'est lui que je veux épouser ! »

Technique plus que discutable : en passant au feu rouge, je m'éloigne deux fois plus vite de la fille.

Sans compter le risque de foncer dans une voiture tête première, cervelle et plans foireux éparpillés sur le sol.

Je fais un détour par le parc.

Le parc est toujours un merveilleux endroit pour contempler la nature. Coccinelles, hannetons, musaraignes.

Malgré son nom, la musaraigne n'est pas un arachnide.

Mais la question demeure : peut-on quand même l'écraser avec un mouchoir ?

En revenant à la maison, après cet après-midi de profondes réflexions, j'écoute la douce voix de ma tendre amie, ma complice des moments difficiles, mon amante : la voix de femme du répondeur intégré de mon téléphone. Elle ne me décevra jamais.

Elle m'annonce que je n'ai pas de message de qui que ce soit. Sa voix me suffit presque.

*

Il y eut un moment, dans la rédaction de ce journal, où ceci était la toute dernière phrase que j'avais écrite.

Peut-être aurais-je d'ailleurs dû m'arrêter là.

JUIN

Je suis couché sur le dos et je regarde le ventilateur au plafond.

Cette activité est le cabinet d'hypnotisme des pauvres.

Elle permet de réfléchir, comme envoûté, à ses angoisses. C'est le passe-temps des déprimés.

On ne verra jamais Gene Kelly le regard perdu dans le ventilateur au plafond. Il chantera plutôt la pomme aux passantes sous la pluie, ce genre de trucs. Il ne s'enfuira pas au loin à vélo, lui.

Mais on ne peut plus chanter sous la pluie, depuis le film du même nom. C'est devenu un cliché, un gag remâché et lourd, ça ne se fait plus, personne ne reste sous la pluie, quand il pleut des cordes, on nous hurle de vite monter dans la voiture et de ne pas mouiller la banquette, imbécile.

On ne chantait pas davantage sous la pluie avant le film, d'ailleurs. Ça n'aurait passé par la tête de personne.

Toute cette histoire est un mythe urbain, une allégorie poétique, une chose que seul Gene Kelly, à vrai dire, ait jamais faite, et encore, il lui a fallu suivre des cours et être entouré d'une équipe de cinéma. Ce n'était d'ailleurs même pas une vraie averse.

Chanter sous la pluie, en admettant que la pluie soit un événement négatif, est l'opposé de déprimer au soleil.

Mais déprimer sous un ventilateur?

Ce ventilateur au plafond ne pourra y rester accroché jusqu'à la nuit des temps. Trois malheureuses vis ne sauront le retenir éternellement.

Inexorablement, l'attraction terrestre fera sa besogne et le rappellera à elle.

« Un ventilateur de plafond s'est décroché et a atterri sur la figure d'un pauvre quidam », publient parfois les journaux.

Quand je laisse aller mon regard dans les pales de l'engin, le mouvement de celles-ci s'inverse, elles se mettent à tourner dans l'autre sens.

Ça devient soudain complètement hypnotique, une expérience hallucinatoire qui saurait amplement satisfaire Timothy Leary. Le tout devient un maelstrom, le bas devient le haut, l'avant l'arrière, le passé le présent, l'obligatoire l'inutile.

Le constat s'établit alors clairement: j'ai vraiment une importante quantité de temps à perdre.

Comment pourrais-je être patron d'entreprise, ou père de famille, ou chef de mission, avec un esprit agité par de tels problèmes métaphysiques ?

Le mouvement inversé des pales d'un ventilateur est-il compatible avec la présidence d'un État ?

On dit que la vie est un tourbillon. Moi, je crois que je vais à l'inverse de son mouvement.

*

Les choses arrivent trop progressivement dans la vie pour qu'on en soit véritablement content. Quand l'été arrive, il y a déjà des mois qu'on se satisfait de petites journées semi-chaudes.

Mais aujourd'hui, il fait rudement chaud.

Vente de débarras dans la rue.

En attendant la clientèle, je feuillette une revue sans intérêt, tandis que continuent de passer dans la rue des gens tout aussi inintéressants.

Il est encourageant de penser que cette superbe chanteuse ou cette autre actrice, en page couverture… eh bien… préférerait sans doute coucher avec moi plutôt qu'avec… un gorille. Ou un rhinocéros.

Sans doute.

Telles sont mes pensées en ce samedi matin, au plus fort de la vente de mes objets les plus laids et inutiles sur le trottoir.

Je dois me débarrasser de plusieurs choses afin de pouvoir emménager dans mon nouveau petit logement. Plusieurs autres personnes ont eu la même idée, aussi le promeneur peut-il littéralement magasiner.

Un des vendeurs, un voisin dont j'ignore le nom (comme celui de tous les autres voisins d'ailleurs), a aménagé des allées aux étalages bien remplis, et dans lesquelles on peut circuler avec un chariot. S'il n'a pas l'article demandé, il peut le commander, explique-t-il à ses clients.

Pour ma part, à ma malheureuse table, je vends une paire de vieux patins à deux lames (dont l'une est brisée), quelques vieilles revues, un pot de sirop plein de clous, un casse-tête mélangé à des pelures de patates et quelques autres babioles sans intérêt.

Les vendeurs rivalisent de perfidie. Pour en faire monter le prix, j'annonce à un client que ce qu'il tient entre ses mains est le patin de mon enfant aujourd'hui décédé. Devant son refus navré, je rajoute qu'il les portait lorsqu'une surfaceuse de patinoire l'a frappé de plein fouet.

Il ne m'a rien acheté.

*

Suis allé au ciné-parc, hier soir. Il semble que je voulais m'imprégner de mes souvenirs d'enfance.

De la fois où nous avions failli y aller.

De la fois où un petit camarade m'avait raconté l'inoubliable soirée qu'il y avait passée en famille.

De l'autre fois, où nous étions passés à côté, en voiture, sans nous arrêter.

Comme je n'ai pas de voiture, j'ai dû prendre l'autobus de banlieue, qui m'a déposé à environ une demi-heure de marche de l'endroit (une charmante promenade le long de l'autoroute dans un fossé marécageux).

Je me suis dirigé tranquillement vers la guérite, mais les automobilistes enragés m'ont tant et si bien klaxonné que j'ai dû aller me mettre en file derrière tout le monde et avancer ainsi, avec ma chaise pliante et mon sac à dos, entre deux voitures, comme une branche de céleri.

Le type à la caisse, incrédule, a failli ne pas me laisser passer, mais a conclu que j'étais si pathétique que ça ne changerait rien de toute façon (ils se sont décidément donné le mot).

On m'avait souvent parlé du ciné-parc comme d'un endroit magique, digne des orgies romaines, où le film était pour ainsi dire superflu, et où tout le monde s'embrassait à bouche que veux-tu, bref, un lieu de débauche dont Néron ou Caligula eux-mêmes auraient été jaloux.

Eh bien, j'ai regardé les deux films au complet, du début à la fin, sans en manquer la moindre seconde, et ma langue est restée bien sagement dans ma bouche.

Bon, rien de bien nouveau. Les films étaient pas mal.

Et ils ont évidemment réussi, comme d'habitude, à me donner une bonne déprime, avec toutes ces femmes, ces conquêtes, ces bolides rutilants. Les voitures autour de moi dans ce stationnement géant avaient toutes l'air de regarder, dans les scènes de poursuite, leurs consœurs à l'écran.

Elles avaient l'air de bien s'amuser.

Lorsque le film a été terminé cependant, dans d'énormes nuages de poussière, elles ont vrombi vers la sortie comme si elles fuyaient la fin du monde.

Prenant mon courage à deux mains, j'ai poliment demandé à quelques automobilistes, dans le furieux vacarme, de me raccompagner en ville, du moins jusqu'à l'arrêt d'autobus, sans succès autre que volées de gravier au visage et crissements de pneus.

Quand je suis enfin parvenu à l'arrêt, après une longue marche, le panneau indiquait qu'il n'y avait plus d'autobus.

Les oiseaux du matin piaillaient déjà depuis longtemps quand je suis arrivé à la maison.

*

Une compagnie, dût-elle pompeusement se nommer Horizon 3000 ou Bien-Être Plus Extra, demeure toujours, dans les faits, un entrepôt crasseux jonché de vieilles cannettes, de boîtes en carton éventrées et, en prime, de quelques tronches patibulaires tout droit sorties du film *Deliverance*.

Voilà ce qu'on trouve derrière la façade de tous ces Cyanibec.

J'avais un message sur mon répondeur, hier.

Excité comme une puce, j'ai mis un peu de musique, débouché une bouteille de vin.

C'était seulement Povilas. Il m'annonçait qu'il ne reviendrait pas. Qu'il allait partir pour le long voyage…

Je rappelle aussitôt : pas de réponse.

Inquiet, je me suis précipité chez lui au beau milieu de la nuit. Réveillé la famille en frappant violemment à leur porte, traversé leur logement en trombe pour me rendre au hangar.

Povilas est venu répondre à la porte, endormi.

M'a répondu, effectivement, que non, il ne reviendrait pas.

De Lituanie.

Qu'il resterait là-bas finalement. Que je n'avais pas à m'inquiéter.

Avant de sortir de chez lui, il m'a donné son sac de déchets à mettre à la rue.

Je suis retourné chez moi, ne sachant si je devais être content ou en colère.

*

Une bonne fois, on devrait isoler un piranha, se mettre en bande, et l'attaquer.

Pour ce faire, je crois qu'il faudrait des enfants.

On dit parfois que ceux-ci sont les plus viles des créatures, et ce, malgré leurs hochets, leurs voiturettes, leurs petites poupées de papier.

Encore mes neveux, amenés de force au parc.

Ma vie est si redondante que j'en viens presque à trouver excitante l'arrivée dans le quartier de l'aiguiseur de ciseaux sur son triporteur.

Le parc, donc. Une partie de soccer avait lieu juste à côté du terrain de jeux.

Les petits enfants qui pratiquent des sports en équipes organisées sont extrêmement mauvais. Renvoyez-moi tout cela au vestiaire, de grâce.

Ça court après le ballon en une seule bande désorganisée, au milieu des hurlements assourdissants, des pleurnichages et des coups de sifflet désespérés.

Ça sait à peine marcher que ça s'imagine pouvoir dribbler et compter des buts.

Malgré tout, mes neveux semblaient hypnotisés par ce désolant spectacle. Je leur ai bien expliqué qu'il n'y avait rien d'amusant à tout cela, et qu'ils seraient terriblement mauvais, de toute manière.

Je dois dire que je n'ai moi-même jamais été un grand sportif.

À une certaine époque, j'avais tout de même réussi à me sculpter de petits abdominaux, mais c'est une époque où je buvais beaucoup, et c'étaient peut-être les contractions du ventre dues aux fréquents vomissements qui en étaient la cause.

J'ai aujourd'hui un léger problème de poids.

Mais il n'en a pas toujours été ainsi.

Tout a commencé avec une petite annonce dans le journal.

J'avais accepté de jouer un rôle dans une petite production, pour laquelle il me fallait toutefois prendre un peu de volume.

Je me suis donc empiffré pendant deux mois, c'était la méthode Robert De Niro dans *Raging Bull*, je faisais ça pour le Cinéma…

En fin de compte, le réalisateur du film étudiant a coupé ma scène au montage, et je suis resté pris avec mes trente livres en trop.

Je dé-tes-te les sports.

Je n'ai jamais rien compris à toutes ces lignes par terre, dans les gymnases.

Dire qu'on envoie des gens sur la Lune, et on n'est pas fichu de…

En fait, personne n'est allé sur la Lune depuis presque quarante ans. L'inutilité de cette entreprise a dû un jour apparaître aux gens, puisqu'on n'y est plus jamais retourné.

Le seul endroit digne d'intérêt est la Terre, apparemment. Ce qui en dit long sur l'intérêt de l'Univers.

Quand ma sœur est revenue chercher sa progéniture, elle m'a expliqué qu'ils partiraient en famille, oui oui, les enfants aussi, la semaine suivante, que je n'aurais plus à m'en occuper pour un bout de temps, « tu vas être content ».

Je leur ai donné à chacun un petit cadeau, des porte-clés (« parce qu'ils peuvent venir chez moi quand ils veulent » – enfin, pas exactement, mais bon) achetés à la vente de garage.

Je les aime bien, malgré tout, ces petits.

Elle m'a donné quelques obscures recommandations pour ses plantes et ses chats, dont je devrai m'occuper pendant son absence.

Assurément, quand on m'explique la complexe méthodologie pour nourrir des animaux, « deux portions par jour pour Mimine, et pas plus d'une pour tel autre, un bol d'eau tiède et fraîche, leur petite pilule nutritionnelle avalée de force, avec un brossage mi-hebdomadaire, dans le sens du pelage, et… », rien à faire, ça me rentre par une oreille et ressort immédiatement par l'autre.

Si les animaux ont réussi à survivre à travers les millénaires, je ne crois pas que ce soit grâce à de stupides pilules, qu'ils nous recrachent au visage de toute façon.

*

Je ne fais jamais véritablement la vaisselle.

Quand il me faut quelque chose, je le prends sur le comptoir et le lave. Comme ça, pas besoin de tout savonner après chaque damné repas.

Mais la plupart du temps, je mange des plats du restaurant ou de la purée en petit pot.

Parfois un sandwich, acheté en passant, que j'engloutis en roulant sur mon vélo. Toute une gastronomie, entre le guidon rouillé, les nids-de-poule et les pots d'échappement de voitures.

Peu importe. Quand j'arrive à la maison, pas de vaisselle à faire, tout est déjà consommé : je suis prêt.

Mais prêt à quoi ?

Il ne se passera strictement rien.

*

Encore vu le promoteur, derrière la mince vitre de mon demi-sous-sol. Il est sans doute venu faire un tour pour organiser la démolition prochaine de l'endroit.

Je commence à les reconnaître, ses bottes. Elles sont en peau de crocodile. Et puis elles claquent bruyamment sur le sol.

Pour porter cela, il faut être sûr de soi. De chacun de ses pas.

On ne peut, selon moi, aller acheter du pain au dépanneur ainsi affublé. Ou marcher sans but dans la ville. Il faut que ce soit sérieux, on doit être quasi infaillible pour générer un tel boucan en marchant.

J'ai toujours eu l'impression de ne pas être assez important pour porter de telles chaussures. Que chacun de mes pas ne méritait pas d'être annoncé en grande pompe à l'humanité.

Mère Teresa aurait-elle porté des talons bruyants ?

Sûrement pas. Après avoir déambulé un moment dans Calcutta, elle les aurait lancés dans le caniveau.

Mais le promoteur, lui, ne s'intéresse pas à la misère humaine. Tout ce qu'il veut, c'est son profit, et que ses bottes claquent bien fort sur le sol.

Ça m'est égal. Je vais déménager.

J'espère simplement qu'ils n'enverront pas la boule de démolition avant que je ne sois sorti de l'immeuble avec mes possessions.

⋆

Un bon copain, quand on est jeune, c'est quelqu'un qui vous aide à déménager.

Plus tard, c'est la personne qui vous conseillera une bonne petite compagnie : « Tu vas voir, leurs camions sont propres, ils sont très professionnels, et à la revoyure. »

Je quitte mon trou dans deux jours. Je suis bien content. Le nouveau logement étant situé au deuxième, je vais bénéficier du soleil, et même d'un petit balcon où je ferai pousser des fleurs. Ce sera un bon entraînement pour ma future carrière de fleuriste.

Je suis allé saluer mes voisins d'en face. Leur ai promis que mon départ ne changerait pas notre relation, que ça resterait exactement comme avant.

C'est-à-dire le vide.

La veille de mon déménagement, chez Povilas, nous avons regardé un film, à propos de je ne sais plus quels idiots à Saint-Tropez.

C'était notre soirée d'adieu, avant son départ définitif pour la Lituanie. Il s'envole le jour de mon déménagement, et ne pourra donc pas m'aider.

En revenant à la maison, je me suis demandé si je ne devrais pas passer mes vacances sur la Côte d'Azur.

Mais j'ai la forte impression que si j'y allais, moi, à Saint-Tropez, ce ne serait pas rigolo du tout, je me morfondrais, et il pleuvrait.

JUILLET

Il pleuvait des cordes au-dessus de ma tête en ce matin de déménagement.

Mais peu importe. Adieu, immeuble délabré, logement inhumain, infect camion de goudron venu directement des enfers!

Le moteur du camion de la compagnie de déménagement, lui, a rendu l'âme au milieu d'un carrefour.

Pas de problème, on le fait remorquer et je reviens bientôt avec un autre véhicule, m'a promis le camionneur, compris dans la location.

La journée avait pourtant si mal commencé.

Un collègue, bâti comme un lutteur, m'avait donné sa parole qu'il m'aiderait, contre une substantielle rétribution, à déménager. Le jour venu, je passe le chercher avec le conducteur du camion, mais il s'est entraîné le matin, me dit-il, et se sent épuisé. Et surtout, il ne veut pas perturber son cycle d'entraînement. Lou Ferrigno, lui, n'a jamais eu besoin d'aider un ami à déménager, a-t-il ajouté, du haut de son balcon, un milk-shake protéiné à la main.

Après des heures d'attente, la pluie n'ayant pas cessé, le conducteur est revenu au volant d'un camion à ordures – tout de même assez propre, m'a-t-il assuré – mais n'était pas autorisé à aider, a-t-il spécifié, au sec, derrière son volant.

J'ai dû tout transporter seul.

Heureusement, je ne possède pas grand-chose. L'appartement de Gandhi contenait probablement davantage de trucs.

Lorsque je suis arrivé devant ma nouvelle adresse, une famille était en train d'investir les lieux.

Je leur demande ce qui se passe.

Le propriétaire, joint par téléphone, s'excuse en pouffant : il a loué en double, par étourderie.

Je devrai trouver autre chose.

Et vite, car je suis à la rue. Et à la pluie.

Le conducteur du camion à ordures commence à s'impatienter « C'est pas facile, vous savez, rester assis à rien faire...

Faudrait vous dépêcher un peu... »

Je ne pourrai jamais trouver quelque chose à la dernière minute...

Le logement de Povilas.
Le hangar.

Glp.

Jamais je n'aurais cru devoir songer à cette éventualité.

L'inéluctabilité de la situation m'apparaît dans toute son horreur.

Mais il ne me reste plus guère d'autre choix.

Rendez-vous au hangar, donc.

Personne n'en ayant voulu, il m'attend, m'annonce mon nouveau propriétaire, le père de la famille que j'ai si souvent dérangée pour aller rendre visite à mon ami.

Bien que légèrement plus grand que mon ancien appartement (« je décrirais ça comme un studio, à vrai dire, m'a expliqué le charmant propriétaire, ce qui ne veut pas dire que vous ayez le droit d'écouter de la musique »), il paraît deux fois plus petit.

Le conducteur du camion, entrouvrant sa fenêtre, me demande encore de me dépêcher, qu'il ne veut pas s'éterniser dans ce quartier mal famé.

Puis, quelques minutes plus tard, alors que je fais le va-et-vient entre le camion et le logement de la famille, dégoûtée de me voir traverser les lieux avec mes affaires, j'entends un bruit provenant de la rue.

Je me précipite.

Je vois le conducteur incliner la benne du camion, faire tomber toutes mes possessions dans la rue, puis démarrer et disparaître.

Après deux heures de pénibles efforts sous la pluie battante pour rentrer mes affaires, la journée est enfin finie.

Mes quelques boîtes traînent dans la poussière, éclairées d'un filet de...

Éclairées par rien du tout.

J'avais oublié qu'il n'y a pas de fenêtre dans l'endroit.

J'habite maintenant dans un hangar.

Une étable serait sûrement plus bucolique.

Pas l'impression, toutfois, qu'on frapperait à ma porte pour m'offrir de la myrrhe ou de l'encens.

JUILLET *encore...*

Un individu vit aussi dans le hangar adjacent au mien. Sa principale activité semble être de fumer et tousser.

Comme mon voisin, je suis totalement dépendant des allées et venues de mes propriétaires. Premièrement, je dois traverser leur logement à chaque fois que je désire entrer et sortir, et comme il n'y a pas de sortie de secours, je ne peux circuler lorsqu'ils ne sont pas là, et...

Ma vie est un échec.

Une demi-heure que, défaisant mes quelques lamentables cartons détrempés, j'entends tousser. Bruyamment. Comme si c'était directement devant ma porte. De la fumée entre d'ailleurs chez moi par les fissures du bois dans le mur.

Et moi qui me régalais de ce nouvel air pur, exempt de tout arôme goudronné, seul avantage de mon nouveau chez-moi.

Exaspéré, je décide de sortir voir ce qui se passe. Je n'ai pas à aller bien loin.

L'individu fume une cigarette juste devant ma porte, en crachant ses poumons.

Pourquoi ici, je lui demande, des éclairs dans les yeux.

Parce que chez lui, il y a trop de fumée.

*

On ne m'a toujours pas installé le téléphone.

Pourtant, j'ai toujours bien payé mes comptes, je ne comprends pas. C'est une erreur, me dit-on. On corrigera la situation le plus tôt possible. Le type avant moi le payait toujours en retard, et on en a déduit, erronément excusez-nous, que la personne qui habitait maintenant l'endroit ne paierait jamais non plus.

La dame au téléphone m'a aussi demandé de ne pas tenir compte de la visite que j'aurais peut-être des huissiers, dans l'éventualité où les modifications à mon dossier ne seraient pas encore entrées dans l'ordinateur central.

« Merci beaucoup, oui, j'ai été très bien servi. »

Je suis sorti de la cabine téléphonique et suis rentré à la maison.

*

Ma nouvelle mixture, le thé au café, est une boisson assez forte. Je peux rester éveillé toute la nuit avec cette saumure, et même davantage.

L'impression que mes facultés et mon jugement en sont affectés.

Ce soir, j'ai emporté la carte de *punch* de l'employée de nuit avec moi pour le reste de mon quart de travail. Pour me sentir près d'elle.

J'ai malheureusement oublié d'aller la reporter à sa place, en finissant.

Ce n'est qu'une fois rentré chez moi que je me suis souvenu de la chose. Suis reparti précipitamment vers l'usine pour remettre la carte à sa place. Il ne faudrait pas qu'elle ait des problèmes à cause de moi.

Trop tard.

Ils l'avaient déjà mise à la porte, pour avoir dépassé le nombre d'avertissements toléré.

Je n'ai pas dormi de la journée, analysant mentalement toute la scène.

Je la revois en songe, sur son illusoire muraille de Chine, entre Kyoto et Singapour, si belle, si parfaite...

Ivre de thé au café, je ne peux m'assoupir, et me remémore chaque détail de notre dernière conversation...

Qu'a-t-elle bien pu vouloir dire par « Une autre fois peut-être, mon mari vient me chercher tantôt » ?

*

Vendredi, les propriétaires ont oublié de me dire qu'ils partaient pour le week-end. Comme mon voisin n'était pas là non plus, et qu'il avait tendrement vérouillé la porte de son taudis, j'ai été confiné à mon hangar toute la fin de semaine.

À leur retour, par dépit et pour quitter un peu mon réduit, je suis allé me promener sur le site d'un festival.

Un groupe de musique sur une scène, des badauds aux joues rougies par un après-midi passé au gros soleil, un ou deux vendeurs de bretzels, quelques verres de bière en plastique balayés par le vent.

Le chanteur, en début de prestation, nous a promis beaucoup de plaisir et des surprises.

Naïvement, je suis resté. Près d'une heure à attendre les fameuses surprises.

On a fini par nous présenter un saxophoniste, annoncé en grande pompe, l'invité spécial pour un solo. On nous a demandé de bien vouloir l'applaudir chaleureusement, avec tous les égards qui lui étaient dus, qu'il était merveilleux, qu'ils l'avaient fait venir du Wisconsin, et que ce serait ça, la surprise.

Sur ces entrefaites, il a commencé à pleuvoir.

J'ai décidé de foutre le camp de cet endroit, de ses surprises idiotes et de ses saxophonistes à la con.

De décamper, sans savoir, pour éviter de me faire mouiller par cette pluie diluvienne, si je devais courir ou marcher, l'une de ces fameuses énigmes pharaoniques dont la réponse m'échappe toujours.

Après quelques secondes de marche, force fut d'admettre que la course était la seule solution sensée. Mais avant de me mettre à courir, comme mes congénères, telle une poule sans tête, j'ai jeté un coup d'œil à mes vêtements : ils étaient déjà complètement trempés.

Il ne sert parfois à rien d'essayer de sauver l'irrécupérable.

Je me suis alors arrêté.

Et j'ai décidé de revenir sur mes pas. De rester et de l'écouter, ce damné solo saxophone.

De m'en abreuver sauvagement.

De cesser de me morfondre, et de mordre dans la vie, dans *ma* vie.

De ne plus me laisser abattre.

Ce n'était pas une petite averse qui viendrait à bout de mon nouvel optimisme.

Je me suis planté fièrement, sous la pluie, devant la scène.

Les techniciens y installaient hâtivement des bâches. Pendant que le saxophoniste sautait dans un taxi, lequel disparut rapidement, au loin.

*

Alors que j'étais en train de ne rien faire, dans mon réduit, seule activité dans laquelle j'excelle, est parvenue à mes narines, d'abord subtilement, une légère odeur. Ce n'était pas la cigarette.

Non, une autre odeur, que je connaissais bien.

Qui m'a plongé dans le doute l'espace d'un instant.

Mais la certitude, rapidement, m'a envahi.

J'ai traversé en trombe, sans demander l'autorisation, l'appartement des propriétaires.

Quand j'ai ouvert leur porte d'entrée, il tournait le coin.

Suis descendu à toute vitesse.

Il était là.

Stationné juste derrière l'immeuble.

Le camion de goudron.

Nauséabond, bruyant. Ignoble.

Mais était-ce vraiment le même ?

Comment distinguer un camion de goudron d'un autre ?

C'était pourtant bel et bien le même. Je le reconnaîtrais entre mille.

J'étais tellement abasourdi qu'il m'a fallu quelques minutes pour pleinement interpréter les paroles prononcées, au même moment, par mes propriétaires.

— Comme vous pouvez voir, nous allons faire faire des travaux sur le toit. Ça risque de sentir un peu fort, durant quelque temps. Ha ha ha ! Ça oui…

*

J'ignore encore comment la chose est possible.

Des forces divines, ou plutôt maléfiques, sont intervenues, à n'en point douter.

Me revoilà au même point qu'avant. Mais en pire. Un malheur n'arrive évidemment jamais seul.

Car en plus de l'odeur, le bruit.

Tous les voisins que j'ai eus étaient pareils.

Toujours eu l'impression que si j'allais jeter un coup d'œil chez eux, tout ce que je verrais, c'est un marteau, des clous et un cadre.

Deux heures que dure le boucan.

Bien content, dans ces circonstances, de partir en vacances.

Je pars au mois d'août.

J'atterris à Paris, puis prends le train jusqu'en Lituanie.

— C'est le forfait le plus intéressant, m'a indiqué l'agent de voyage.

— Intéressant pour qui ?

— Pour moi, a-t-il répondu.

Je devrai me farcir trente-six heures de train. Et comme il n'y avait plus de couchettes disponibles, il me faudra dormir assis bien droit sur une banquette, m'a-t-il expliqué.

Au point où j'en suis, plus rien ne me dérange.

*

Pour véritablement vivre une existence remplie et passionnante, comme les gens au cinéma, marcher dans la ville sans but précis ne compte pas.

Il faut aller régler une affaire urgente, enquêter sur quelque sujet, fuir des malfaiteurs, avoir une mallette à la main pour un projet important, vivre une passion exacerbée... ce genre d'activités.

Au sortir de la salle de cinéma, je marche sans but.

Non, ma vie ne ressemble en rien à celle des personnages du grand écran que je viens de voir.

Dans la rue, un accident. Ambulances et policiers.

Je m'approche pour voir, comme quelques autres curieux.

Un des policiers, derrière le cordon, me demande de circuler, de « continuer mes petites affaires ».

— Si vous saviez... C'est ce dont je rêve, monsieur, d'avoir de ces fameuses *petites affaires,* pour m'occuper. J'aimerais, j'adorerais être archi-débordé. Crouler sous les dossiers, avoir des clients à rencontrer, une partie de

[146]

tennis à disputer avec mes associés... Mais je n'ai absolument rien d'autre à faire aujourd'hui que de venir sur les lieux de cet...

— Si vous ne voulez pas que je vous trouve très rapidement une occupation entre quatre murs au poste, je vous conseille de circuler. Et vite.

Ok. Message reçu cinq sur cinq.

Les conseils du policier m'ont fait réfléchir.

Sur mon emploi du temps.

Des hobbies, je n'en ai pas vraiment.

J'avais hérité, enfant, de la collection de papillons d'un grand-oncle, à son décès, et me suis trouvé une relative passion pour le sujet, le temps d'un après-midi. Mais son cahier de collectionneur était déjà complet, il n'y avait plus rien à faire, je ne pouvais que constater mon inutilité dans cette entreprise.

J'aimerais avoir une passion, mais aucune ne m'habite. Je ne vais tout de même pas me forcer pour aimer la philatélie ou les oiseaux, non ?

*

J'habite plus loin que jamais de l'usine.

Je demeure loin, si loin, que le chauffeur d'autobus, bien avant d'arriver près de chez moi, se croyant seul, fume, sacre, crache par terre.

J'ai l'impression de vivre sur la Lune.

À cet endroit, au moins aurais-je la sainte paix.

Un client de mon nouveau restaurant du coin, un Américain, avec lequel j'ai échangé quelques propos en attendant mes hot-dogs, m'a avoué qu'on l'avait inscrit, après un crime auquel il avait assisté, à un programme de relocalisation des témoins, et l'endroit perdu qu'on avait choisi pour qu'il soit à jamais oublié du reste de l'humanité, c'était ce quartier.

*

Sortie d'employés au casino, tous frais payés par la compagnie, à part les jetons, bien entendu.

Le délicat repas était servi par une rangée de machines distributrices.

Réussi à perdre cent cinquante dollars, l'équivalent de deux jours de salaire.

Les casinos devraient prendre leurs responsabilités dans le dossier des suicides. Certains joueurs compulsifs sont devenus paraplégiques, après un suicide raté. Il serait nécessaire de construire des rampes d'accès pour fauteuils roulants, et de doter les ponts avoisinants de plongeoirs, afin de pouvoir se jeter en bas en toute commodité.

Retour du casino, donc, en autobus nolisé.

Comme nous passions tout juste à côté de chez moi, j'ai pris mon sac, salué mes collègues et poliment demandé de pouvoir descendre.

« Pas question. S'il vous arrive quelque chose, c'est moi qui vais avoir des problèmes », a protesté le chauffeur.

Alors que l'autobus attendait à un feu, non loin de mon hangar et du camion de goudron, il m'a dit qu'il avait ordre de nous ramener sur les lieux de notre lamentable usine, point final.

J'ai mis deux heures quinze pour rentrer chez moi.

*

Frappé chez le voisin tousseur, pour lui emprunter du café.

Il m'a fait entrer.

Il n'y avait effectivement, dans les lieux, que des cadres, des clous et un marteau.

Heureusement, je quitte très bientôt toute cette désolation.

AOÛT

Un voyage, là où ça prend tout son sens, c'est lorsqu'on en regarde les photos, bien au chaud à la maison.

Pas quand, exténué, fatigué, sale, les chevilles en compote, au terme d'engueulades, de compromis et de dépenses inconsidérées, après s'être fait arnaquer et extorquer de vile façon l'argent durement gagné, après avoir visité les chambres d'hôtel les plus révoltantes, on est assailli et piétiné par des milliers de gens, des locaux au mieux indifférents, au pire hargneux et violents, mêlés à des touristes aussi exsangues, puants et désespérés qu'on peut l'être soi-même.

Ces millions de gens, dont on ignorait l'existence jusqu'alors, n'auraient-ils pas pu demeurer bien sagement dans leur trou ?

On travaille toute l'année pour se retrouver en file dans une gare où l'on vous traite comme le dernier des criminels, où tout est contrôlé et re-re-contrôlé (mais où, néanmoins, les pigeons virevoltent en toute impunité), pas moyen d'uriner nulle part dans toutes ces villes après avoir bu une bière, il faut pratiquement se mettre une couche si on veut se promener un tant soit peu.

À Paris, la navette bondée de l'aéroport a laissé entrer un passager, très corpulent, qui est venu s'asseoir sur le siège à côté du mien et a complètement obstrué la fenêtre.

De l'Arc de triomphe et la tour Eiffel, je n'ai vu que ce qui dépassait de mon voisin.

*

Ça y est, je suis arrivé en Lituanie, après plus de cinquante heures de train.

Demain, je dois aller rejoindre Povilas dans son village, à deux cents kilomètres de la capitale, qui m'a promis l'hébergement, et qui est l'unique raison pour laquelle je suis ici.

Sans lui, je dois avouer que tout cela n'aurait aucun sens.

C'est bien le dernier endroit où je serais allé.

La chambre que j'avais réservée à Vilnius était infestée de tant de vermine que le garçon d'étage n'a pas voulu y entrer.

*

Je viens de passer la journée dans un autobus bringuebalant, étouffé par les vapeurs de kérosène, à me faire régurgiter dessus par un chat fou furieux, et dévorer par les mites pour me rendre jusqu'à ce village perdu.

Un voyage de huit heures en autobus suffit à vous dégoûter complètement de l'humanité. Le dalaï-lama lui-même finirait par sauter à la gorge de quelqu'un si on l'enfermait dans un autobus touristique.

Enfin arrivé à l'endroit indiqué sur mon bout de papier, personne.

Selon ce que j'ai compris des propos de son voisin baragouinant l'anglais chez qui j'ai sonné en désespoir de cause, Povilas aurait déménagé.

Le voisin m'indique une pension de famille, plus loin dans la rue, appartenant à la grand-tante de Povilas. Peut-être le trouverai-je à cet endroit (je ne dispose, pour comprendre les autochtones, que d'un vieux livre de grammaire lituanienne des années soixante, ainsi que d'un dictionnaire finnois-lituanien, achetés à Vilnius, qui ne me sont d'aucune utilité. Par contre, si j'ai un examen sur les subordonnées conjonctives du patois local, je suis prêt.

« Povilas ? Non, me répond la dame en hochant la tête, connais pas. »

Mais elle a une chambre de libre.

Je m'y installe, temporairement.

Il m'avait pourtant bien dit : « Viens quand tu veux, je suis toujours là. »

Je ne comprends pas. Je décide de prendre la chambre, histoire de poser mes bagages et de réfléchir à tout ça.

Comment est-ce possible ? Comment le retrouver, alors qu'il ne m'a pas laissé de numéro où le joindre ?

Je m'affale sur le lit et regarde le ventilo (hors service, mais tout de même).

C'est quand même bien, seul en voyage, à ce qu'on dit.

On peut s'approcher davantage des gens, piquer une jasette avec le tenancier du café, le paysan accoudé à une clôture.

Mon paysan à moi est parti dès que j'ai ouvert la bouche.

On m'a toujours fortement conseillé d'aller en Europe.

Que ma vie serait un échec tant et aussi longtemps que je n'aurais pas mis les pieds là-bas.

Cette terre de salut a, semble-t-il, la faculté de faire de vous un humain à part entière, riche désormais d'un vol transatlantique et des fameux « À Paris, moi je suis allé à… » et autres « Alors là, j'étais complètement saoul dans Montmartre… », et plus les déconvenues s'accumulent, plus les trains ratés et les vols de passeport s'empilent dans notre récit, plus satisfaisant cela devient aux yeux de tous.

Pour ma part, je n'ai manqué aucun train ni n'ai perdu mon passeport. Bien sûr, certains moments pénibles ont parsemé mon périple jusqu'à maintenant, mais ils ne relèvent pas de la franche et joyeuse déconvenue. Plutôt de la misérable malchance qui m'accable jour après jour ou de mon incapacité à vivre des moments véritablement inoubliables.

*

Je me suis réveillé brutalement, et j'ai mis quelques secondes avant de comprendre où je me trouvais.

Dans la pénombre, je cherche ma montre pour savoir l'heure qu'il est. Avec le décalage, je ne sais plus trop où j'en suis. Côté dépaysement, rien de bien extraordinaire.

Que vais-je bien pouvoir faire ici, tout seul ? Et où est Povilas ?

Je sors. Ma chambre a une entrée privée. Quel luxe.

Dans cette pittoresque taverne de village, où je me promets une sévère cuite et une flopée de souvenirs inénarrables, avec fanfare et bouteilles de vodka volant en tous sens (tel qu'indiqué sur l'affiche de l'établissement), on m'explique que la fanfare n'est là qu'une fois par mois.

J'ai ensuite mis deux heures à comprendre qu'on me servait de la bière sans alcool. Le temps de m'en rendre compte, il était trop tard, l'endroit fermait ses portes.

Peut-être, après tout, est-ce là une anecdote de voyage cocasse et convenable ?

J'attendrai mon retour pour vérifier.

Si je trouve quelqu'un à qui la raconter.

＊

Note aux restaurateurs : lorsqu'un étranger en vacances entre dans votre établissement, ce n'est pas parce qu'il a apprécié votre carte affichée dehors.

Il a simplement très envie d'uriner.

Il sera prêt à tout pour ce faire. Même de s'asseoir à l'une de vos tables, condition *sine qua non,* évidemment, pour une visite à votre cabinet d'aisance.

C'est donc le temps de vous débarrasser auprès de lui des plats mauvais vendeurs sur le menu, de vos morues à la fraise et autres gibelottes au foie de veau vanillé.

Les spécialités culinaires de Lituanie me rebutant profondément, je choisis, pour dîner le lendemain, un restaurant asiatique.

La bouillie infâme qu'on m'y sert ayant suscité chez moi une grimace de dégoût, on m'explique avec le sourire et de laborieux signes que cette potée est justement une spécialité lituanienne, et que malgré les yeux bridés du personnel, leur gargote est pittoresque et typique du pays où je me trouve, que les décorations de dragons et de lotus étaient les seules qui traînaient dans le sous-sol quand ils ont racheté le restaurant.

*

Alors que j'étais assis devant l'âtre éteint du foyer de la pension, à écrire dans mon journal, ma logeuse est arrivée brusquement devant moi et me l'a arraché des mains.

J'ai tenté vainement de le reprendre.

Peine perdue, elle l'avait enfoui dans les plis de sa robe, et je ne me voyais pas aller fouiller là-dedans. Elle ne m'a redonné mon cahier que lorsque j'ai eu fini de transporter deux cordes de bois au sous-sol de la pension, plusieurs bassines d'eau de la rivière et de multiples autres activités, qui ne figuraient pas sur ma liste de choses à faire durant les vacances.

Cahier qui, en passant, est à présent taché de cette immonde purée qu'elle me sert matin, midi et soir (elle m'oblige maintenant à manger à la pension, sans quoi elle me fera dormir dehors dans la niche, si j'ai bien compris les signes et simagrées qu'elle m'adresse).

La propriétaire de la pension, je l'ai découvert tardivement, parle un peu français.

Comme je suis son seul client, et que je viens d'Amérique, elle m'accapare complètement et ignore mes tentatives de relance concernant Povilas. Elle s'immisce sans raison dans ma chambre, ouvrant la fenêtre alors que je dors encore, me suit au téléphone public lorsque je fais des recherches pour retrouver mon ami.

Le soir, dans le salon de la pension, elle marmonne et tricote en me lançant de brefs coups d'œil, me scrutant comme si j'étais son petit chien désobéissant. N'ayant rien à lui dire, je cherche pitoyablement la moindre banalité pour meubler le silence.

— Que… Quelle est votre couleur préférée ?

— Je les déteste toutes.

La soirée va être longue. Elle n'a pas la télévision et a refusé de faire un feu, mais a néanmoins tenu à me faire asseoir devant l'âtre après le souper.

Quand je lui redemande ce qu'il en est de mon ami, s'il doit revenir bientôt, elle me répond qu'elle l'ignore, que c'est le dernier de ses soucis, qu'elle a toujours détesté tous ses neveux et nièces, ces petits imbéciles.

Pour couronner le tout, la vieille dame me fait fréquemment des doigts d'honneur. Elle a tenté de me faire croire que c'était la façon lituanienne de dire bonjour, mais bizarrement, je n'ai vu personne d'autre le faire.

*

En voyage dans un pays étranger, on peut se promener habillé n'importe comment.

Premièrement, personne ne vous connaît.

Et puis, même en survêtement de coton ouaté, il est toujours possible d'affirmer : « Ah non, vous vous trompez… C'est très, très tendance… en Amérique, du moins… »

Ma mégère n'a pas avalé ce mensonge. Elle me répond qu'elle connaît l'Amérique, qu'elle lit des revues, et que je vais lui faire honte dans le village habillé comme ça, et d'aller tout de suite me changer si je ne veux pas qu'elle m'enferme dans ma chambre.

Elle tient à me faire faire un tour des environs. C'est inclus dans le prix, et obligatoire, crois-je comprendre.

Je comprends aussi que cette inutile balade a pour but de me faire dépenser le maigre budget dont je dispose dans les commerces avoisinants.

Je cherche un souvenir à ramener. On insiste pour me vendre des bouteilles d'huiles ou de vin, des coquillages, des roches encombrantes et lourdes, que j'ai finalement dû laisser à la pension.

On termine la promenade dans un désolant petit bazar qu'elle a érigé avec divers objets de la pension, en fin de parcours, sur son terrain.

Combien, ce tabouret et cette corde?

★

Pourquoi mes péripéties ne mettent-elles pas en scène quelque sulfureuse rencontre, quelque nuit blanche à danser sur le bord du Danube avec des gitans?

Pourquoi n'ai-je pas droit, moi, à des péripéties formidables, des anecdotes colorées avec des personnages extraordinaires et plus grands que nature?

J'essaie très fort, pourtant.

Tenté de me lier d'amitié avec un groupe de gens, à la taverne du coin. J'ai commandé une tournée, puis constaté qu'ils avaient levé le camp, après m'avoir volé mon manteau.

J'ai dû boire le tout, seul.

Comment Jack Kerouac procédait-il pour vivre des aventures telles que les siennes ?

Je crois bien qu'à mon retour, je vais plonger dans un bocal de formol, pour y demeurer à jamais.

Mais je ne suis, malheureusement, d'aucune utilité.

Et j'ai bien peur que personne ne veuille me contempler sur une étagère.

*

Aller à l'étranger, tout de même, m'a permis de relativiser, et de voir mes problèmes autrement.

C'est-à-dire plus énormes qu'ils ne le sont déjà.

*

La présence d'un lézard sur le mur, lors d'un voyage, assure un souvenir de qualité, une formidable anecdote. Je soupçonne les grossistes de les déposer eux-mêmes le long des plinthes pour faire des voyages de leurs clients une réussite.

Mon voyage n'en est décidément pas une. Peut-être est-ce dû, finalement, à l'absence de reptile dans la chambre.

Me réveillant, à l'aube, je m'aperçois avec épouvante que j'ai uriné dans mon sommeil, et dans le lit de la pension.

Un vestige ancien de mon enfance (et de ma sombre adolescence).

Je ne réussis pas à me rendormir.

J'aimerais être un lézard et me sauver en longeant les murs.

Lorsque la propriétaire de la pension s'aperçoit de la chose, alors que je tente vainement de me laver, sans eau, elle me jette dehors en me criant des insultes.

Je me retrouve donc à la rue, tout poisseux d'urine, dans un village pluvieux de la campagne lituanienne.

Après m'être lavé dans la rivière glaciale, je réussis tant bien que mal à me sortir de ce cauchemar, à louer une voiture, de peine et de misère, malgré mon permis de conduire périmé, et à quitter cet endroit maudit.

Je vais tâcher de voir un peu de pays, de nouveaux paysages, oublier tout cela, oublier la vieille et les humiliations.

Fuir.

J'ai mis une croix sur Povilas de toute manière.

Je me retrouve donc sur les routes. L'engin que l'on m'a loué est une de ces voitures à trois roues, qui tapissent le paysage européen depuis les années soixante, donnant à leurs conducteurs l'air de parfaits ahuris, et dont les premiers modèles n'avaient probablement qu'une seule roue et tombaient à la renverse à chaque arrêt.

Je parcours néanmoins des centaines de kilomètres à son bord.

Direction la capitale.

Je suis tellement nul en orientation que, me connaissant, je décide toujours de prendre le chemin inverse de celui que j'avais choisi au départ, ce qui évidemment devient *de facto* la mauvaise direction.

J'ai roulé ainsi dans la mauvaise direction pendant des heures avant de m'apercevoir de ma méprise.

Dormi dans la voiture plusieurs fois, tout à fait perdu et enlisé dans ce pays.

En désespoir de cause, j'ai décidé de téléphoner à la maison, au pays, pour voir si Povilas, s'inquiétant de mon absence, n'aurait pas tenté de me contacter de cette façon.

Dans le cas contraire, la voix sensuelle de la femme du répondeur sera, à tout le moins, un léger baume sur mes plaies.

Miracle.

Povilas avait appelé.

Pour me dire qu'il était bien là où il m'avait dit, qu'il y avait peut-être une erreur sur le bout de papier tout chiffonné qu'il m'avait donné.

La nouvelle adresse en main, je décide, légèrement amer, de retraverser le pays en voiture, une longue épopée, à nouveau, pour aller le retrouver au village, où ma réputation est probablement ternie, comme les draps que j'y ai abandonnés.

La maison de campagne où il habite est ravissante.
Le village maudit, soudain, ne me paraît plus aussi lugubre. Peut-être à cause du soleil, qui brille maintenant.

La maison qu'il possède ici n'a rien, mais absolument rien à voir avec l'infecte hangar que... dont je suis maintenant le locataire. Je comprends qu'il ne s'était établi dans un hangar, que pour économiser. C'était par choix.

Il me présente son épouse, une jolie jeune femme, et leurs deux enfants. Il ne m'avait jamais parlé de cette maison, de sa famille...
Il est resplendissant, il dégage un tel bonheur, je ne l'ai jamais vu ainsi.
Disparu, son teint cadavérique, envolé, son dos légèrement voûté.

Il s'affaire dans son potager, fait des travaux sur la maison, s'occupe des animaux. Je crois entendre sa femme lui chuchoter que j'ai, pour ma part, l'air mal en point et accablé.

J'apporte une bonne bouteille. «Nous allons bien rigoler quand même», dis-je. Malgré son bonheur.

Il ne boit plus, me répond-t-il. Désolé.

*

Nous avons passé quelques jours dans son grand jardin, donnant sur un lac majestueux, à bavarder, boire de la limonade glacée et nous faire dorer la couenne sous le chaud soleil estival de la Lituanie.

Nous avons parlé de la vie, de sa vie surtout, de sa vieille tante.

— Non, tu n'es pas tombé dans les griffes de cette vieille chipie? Ha ha ha! Elle est impayable, celle-là, non?

Il m'explique qu'il était venu en Amérique avec l'intention d'y travailler durant un an, voir New York et amasser la somme nécessaire au dernier paiement de sa maison, qu'il avait donné un dernier coup, et que maintenant c'est enfin fini, que plus jamais il ne travaillerait dans cette épouvantable usine.

*

Mon petit voyage en Lituanie se termine demain, déjà.

Ce séjour a passé très vite, malgré les déconvenues.

— Tu n'aimerais pas rester un peu plus? La maison est grande, et nous serions très contents de...

— Oh, c'est gentil. Vraiment. Mais tu sais…
Ma vie m'attend là-bas.

*

Comme je pars à l'aube, et que nous risquons de nous manquer demain matin, nous nous faisons des adieux définitifs, le soir avant d'aller au lit.

Une franche accolade.

Après tout, je ne le reverrai pas avant longtemps.

Peut-être même jamais.

Adieu, mon ami.

*

Au milieu de la nuit, je me lève pour aller uriner.

Povilas a eu la même envie.

Nous nous croisons dans le passage, les yeux bouffis de sommeil.

Devant les toilettes, dans la pénombre, il lâche quelques grognements en attendant son tour, me bousculant presque en entrant.

Les adieux de la veille ont-ils préséance ?

J'aurais dû rester couché.

Pourquoi devais-je me lever en même temps que lui ?
J'ai encore tout gâché. Le dernier souvenir qu'il aura de

moi sera celui d'un empêcheur de pisser en rond, un obstacle.

Décidément, ce pays se souviendra de ma vessie.

SEPTEMBRE

On peut prendre des vacances de six mois à ne rien faire, dormir toute la journée sur un animal gonflable dans une piscine, mais si on dort mal la dernière nuit, c'est fichu, tout cela a été inutile.

L'inverse est peut-être aussi vrai. Si on fait une longue sieste avant de partir en vacances, on trouvera celles-ci étrangement superflues.

Je suis revenu au pays plus épuisé que jamais.
L'autobus, Vilnius, le siège étroit du train...
Le retour à la maison fut également déprimant.
Le hangar, le voisin, le camion de goudron. Au moins, je ne le vois pas devant ma fenêtre à longueur de journée. Mais l'odeur, elle, je la sens.

J'avais un seul message sur mon répondeur. Ma sœur. En larmes, enragée, elle me renie de la famille, encore une fois.
Son plus vieux a pris le porte-clé offert avant de partir pour un véritable anneau d'escalade, malgré la mise

en garde sur l'étiquette, et se serait cassé une jambe par ma faute.

Cette fois, je suis définitivement barré de la famille.

Comme ça ne sert plus à rien de me battre, je vais simplement l'écrire dans mon journal.

L'écriture de ce cahier constitue d'ailleurs la seule occupation qu'il me reste.

Cette triste réalité ne fait qu'accentuer le caractère vain de la chose.

De surcroît, ma sœur m'avait demandé de m'occuper de ses chats et de ses plantes durant son absence. Ça m'est complètement sorti de la tête. Parti en voyage sans même y penser.

Malheureusement, les chats ont considérablement dépéri, après avoir rongé les plantes et tous les tissus de la maison.

Elle ne désire plus m'adresser la parole.

Ma mère a bloqué mon numéro de téléphone, et affiché des portraits de moi sur les poteaux du quartier, avec la mention « *Dangereux récidiviste* ».

*

Vivre dans un hangar fait de vous une bête, non pas en cage, mais dans une boîte fermée.

Que l'on mette ou non des rideaux, on n'a aucune lumière.

Je regrette l'époque de mon demi-sous-sol où, au moins, j'avais l'impression de donner un spectacle.

Je sais bien, au fond de moi, qu'énormément de gens sont misérables, bien plus que je peux l'être, et que je n'ai pas à me plaindre.

Mais c'est le fait que, malgré cet argument, je suis malheureux qui me déprime encore davantage.

Quand on revient de voyage, les nouvelles ont toujours une saveur différente, un arrière-goût étrange, comme si on n'était plus concerné par tout cela, et que ce ne serait sans doute pas arrivé si on était resté au pays.

L'économie du pays est en déroute, d'après les journaux.

Je me sens ainsi moins mal de faire faillite à mon tour. Les miennes d'économie sont maintenant choses du passé. Je dois une fortune à ma compagnie de crédit.

Ce voyage m'a ruiné.

« Trois cents dollars et c'est réglé », m'a-t-on expliqué au bureau des faillites.

Comme je n'ai pas cette somme, j'ai eu une idée loufoque, mais réalisable : organiser une fête pour amasser les trois cents dollars.

Je vais installer une grande banderole dans le salon pour souligner l'événement.

Dix dollars l'entrée, buffet de hors-d'œuvre, merengue, samba : ce sera la rumba.

*

Cette nuit, j'ai encore fait ce rêve étrange.
Je vivais dans un trou, ma vie était un désastre.
Me suis réveillé en sueur.
La sueur est restée finalement, quand j'ai comparé.

À travers la mince cloison, je hume la fumée de cigarette du voisin, malgré le goudron, mais surtout j'entends le vacarme provenant de sa télé. Musique consternante d'une émission de vidéos rigolos envoyés par le public.

J'imagine une émission qui diffuserait les vidéos les plus affligeants, mettant en scène les gens les plus pathétiques. Des rires préenregistrés ponctueraient également ce désolant spectacle.

Tous ces ricanements résonnent sans fin dans mon hangar, semblant provenir de petits diablotins qui danseraient, comme dans un carnaval halluciné, une sournoise ronde au-dessus de ma tête.

Le propriétaire est venu tantôt. Il veut maintenant louer à la semaine.

« Ce sera plus simple comme ça, a-t-il dit. Mais ne t'inquiète pas, ton trou à r… ton hangar ne te coûtera pas un sou de plus. Du moins, pas la première semaine. »

J'en ai profité pour lui dire que j'avais encore vu un rat qui sortait de chez moi.

« Les rats sont des êtres qui survivent aux pires conditions, m'a-t-il répondu avant de s'en aller. Même une explosion nucléaire n'arrive pas à s'en débarrasser. Ces petites bêtes, c'est l'avenir ! »

*

Comme l'usine n'a pas besoin de mes services (je téléphone tous les jours, ayant désespérément besoin d'argent), j'irais bien au cinéma cet après-midi. J'y ai pensé en déjeunant.

La cruelle réalité m'est cependant rapidement apparue.

Le film finira inévitablement par se terminer, les lumières de la salle se rallumeront et je me retrouverai dehors, au gros soleil en plein après-midi, avec mes problèmes, dépité, moins riche de quinze dollars, confronté à ma vie, celle-ci n'ayant rien en commun avec les aventures formidables auxquelles je viendrai d'assister.

J'aurai la bouche sèche et ne saurai absolument plus quoi faire.

J'aurai accompli l'activité ultime de la journée, et il ne sera que deux heures de l'après-midi.

Tout ce qui suivra ne pourra être que fade.

Alors je n'irai pas au cinéma. Je vais rester bien sagement ici, à regarder les pales du ventilateur.

Dont la poussière n'a pas manqué de voler partout dans le hangar lorsque je l'ai mis en marche.

∗

Je n'ai pas de disques de rumba pour ma fête de faillite. En fait, j'ignore ce qu'est une rumba.

Tout au plus ai-je une vieille cassette de musique *cha-cha*, dans une boîte pourrissant au sous-sol chez ma mère. Comme je suis *persona non grata* chez celle-ci, la fête se fera donc dans le silence, ou avec le bruit du ventilateur.

∗

Il est assez étrange que les tenanciers de bar croient qu'on va régler notre vie en fonction de leurs « Spéciaux sur les *shooters* les mardis ! » Leur Super soirée les mardis, « nos Fameux mardis ! »

Eh bien, il n'y a pas un damné chat, à vos « fameux mardis ».

J'aurais dû rester à la maison.
En suis-je rendu là ? Boire seul, dans un bar vide ?
Peut-être est-ce ainsi que ça commence : on se fait avoir par une de ces promotions, on se présente, on boit.
Et on en fait une habitude, des super mardis.

[172]

*

La fête organisée pour financer ma faillite fut un échec.

Seuls un obscur collègue (le bodybuilder, affamé) et mon ancienne concierge sont venus, celle-ci probablement pour constater de visu ma nouvelle et désolante vie.

Je devrai manger de la pizza froide et des olives piquées de cure-dents pendant trois semaines, le collègue n'ayant englouti que ce qui contenait des protéines, « pour ne pas perturber son cycle alimentaire », comme il m'a dit.

Mes dernières économies y sont passées.

J'ai songé à préparer une petite fête pour pouvoir rembourser les frais de ma fiesta de faillite, mais je ne sais pas si c'est véritablement une bonne idée.

On anticipe souvent le pire, dans la vie. On angoisse des jours durant pour une banale visite chez le dentiste. Puis on regrette de s'en être fait pour rien, on est pris de remords et on ingère deux valiums et trois anxiolytiques.

Tous, autant que nous sommes.

Mais faire faillite est presque agréable.

Je suis sorti de chez le notaire avec mon certificat, « prêt à encadrer dans mon bureau », comme il a dit.

J'ai dépensé mes toutes dernières ressources pour ce papier : il me reste un billet de vingt dollars, et c'est tout.

*

Je jette un coup d'œil dans le frigo : une demi-boîte de haricots cabossée, une miche de pain envahie par les champignons, un citron pourrissant dans un coin.

Je referme le réfrigérateur et m'attable. Alors que je verse un peu de jus de citron sur les haricots, le téléphone sonne. C'est ma mère. Elle a recommencé à m'appeler pour me dire que je ne suis qu'un bon à rien, un mal élevé et un sans-cœur.

Je me demande si c'est la sénilité, ou s'il y a véritablement un fond de vrai dans ce qu'elle dit.

Tous ces gens, dans le vaste monde, ne connaissent pas ma vie.

Peut-être ai-je une femme merveilleuse… Un métier super. Un avenir éclatant, un passé édifiant. Qu'en savent-ils ?

Peut-être que, sur ma bicyclette (dont je me sers uniquement pour garder la forme et maintenir un corps athlétique), je file vers un luxueux penthouse ?

J'avais tellement de rêves… Rouler à bicyclette, un casque fluorescent par-dessus une calvitie galopante n'en faisait absolument pas partie.

Dans la salle d'attente, aux urgences, je fais un énième constat de ma vie.

J'ai eu un accident.

Mon bras, une jambe et l'engin sont démolis. Je suis donc maintenant plâtré et en béquilles.

Dans la rue, tout à l'heure, enchevêtré sous ma bécane, j'ai pensé abandonner la partie. Simuler la folie. On l'aurait attribuée au violent choc, et j'aurais reçu une pension pour le reste de mes jours.

— Mais voyons, vous aviez un casque, cessez de faire l'imbécile ! Vous avez tout abîmé ma carrosserie !

Je n'étais absolument pas responsable, mais le conducteur, après m'avoir sèchement engueulé, a fouillé mes poches et pris les vingt dollars qui me restaient, pour le débosselage. J'ai voulu noter son numéro de plaque, mais il a été plus rapide et a réussi à démarrer en trombe.

Je devrai aussi payer double tarif pour l'ambulance puisque c'était le milieu de la nuit, et que les ambulanciers « n'avaient pas que ça à faire ».

*

Le seul appel du mois :
— Allo ?
— Bon, j'ai ma réponse. Merci et bonne fin de…
— Mais… qui parle ?
— Ah. Je travaille pour Les assurances Stansford, on s'occupe de votre dossier. Quelqu'un a dû prendre une

police d'assurance pour vous. J'appelle les assurés pour vérifier s'ils sont encore en vie. Vous avez eu un accident récemment, oui ?

— Euh, oui, mais qui donc…

— Merci, bonne fin de journée.

Clac.

Une assurance sur ma vie…

Mais qui donc a eu cette idée saugrenue ?

Ma vie aurait donc une certaine valeur ?

Et combien, combien vaut-elle ?

J'aurais dû demander au type au téléphone.

Alors que j'entre péniblement dans mon hangar, avec mes béquilles de fortune (deux manches à balai – on n'a pas voulu, à la pharmacie, m'en louer une paire à crédit), le voisin toussoteux me tire par la manche. Il s'égosille :

— Vous avez passé au bulletin télévisé ! crie-t-il. J'ai enregistré tout cela ! Vous ne m'aviez pas dit que vous étiez une vedette de la télé !

Je le suis dans son hangar à lui, sans trop espérer quoi que ce soit.

Il me présente la cassette, sur sa télé noir et blanc.

Reportage sur le chômage, la misère urbaine, les cas désespérés. Des statistiques. À l'arrière-plan, marchant de loin en loin sur un trottoir (du temps que je pouvais encore marcher normalement), je marche et passe devant la caméra, avec d'autres quidams.

Excitation du voisin.

Postillons et hurlements.

Je me souviens vaguement d'une équipe de tournage, un après-midi. Évidemment, ç'aurait pu être n'importe qui, un pur hasard que ce soit moi, d'ailleurs, on me reconnaît à peine. Mais le voisin ne l'entend pas ainsi.

— Combien vous ont-ils payé pour cette scène ?

— Je n'ai pas été payé, ça n'est pas un rôle.

— Pas un rôle ? Mais alors… Vous êtes donc véritablement une épave ?

*

Je me sens comme si on avait mis un sabot de Denver sur ma vie.

Appelé à l'usine pour les tenir au courant de ma situation, et les rassurer quant à ma disponibilité prochaine.

Ils étaient très, très inquiets pour moi.

— Qui ? Normand ? Ah, oui. On a pensé un moment que tu étais tombé dans une cuve de cyanure.

Je leur ai demandé si un des camionneurs de Cyanibec pouvait venir me porter quelques trucs, mon manteau, une paire de bottes, mes papiers de chômage, d'ici à ce que je puisse me déplacer.

— Le chômage ? Eh bien, mon pauvre Réjean, je crains que ce soit impossible. Tu as toujours travaillé au noir pour nous. Tu n'étais pas déclaré. L'État ne te versera pas un sou.

Je n'en crois pas mes oreilles.

— Mais... On ne m'avait jamais dit que...

— Écoute, un camion vient d'arriver, je te laisse. Prompt rétablissement.

— Attends! J'habite maintenant chez Povilas. Tu n'as qu'à dire à un des camionneurs de passer ici avec les vêtements dans ma case...

— Povilas? Jamais entendu parler d'un Povilas. Je crois que tu devrais aller te recoucher, tu as reçu un méchant coup sur la tête! Haha! Bon, salut!

Clac.

Confus et incrédule, je me lève et vais laborieusement cogner chez mes propriétaires pour leur demander à propos de Povilas.

Absents.

Je suis donc, encore une fois, embarré ici. Si un incendie se déclare, je suis cuit.

Ce serait bien la seule chose de déclarée, ici, au demeurant.

Le voisin toussoteux.

— Encore vous? Mais vous me harcelez, ma parole! Je n'aime pas les enquiquineurs...

Entre deux crachats, il m'explique qu'il n'a jamais vu ce Povilas, mais que ça ne veut rien dire, qu'il tâchait de se mêler de ses propres petites affaires, qu'il ne cherchait pas, lui, à fourrer son gros nez dans ce qui ne le regardait pas, et que j'étais décidément une épave.

*

L'horloge ne fonctionne plus. J'ignore s'il fait nuit ou jour.

Je regarde les deux capsules de cyanure dans ma main. Le seul avantage marginal de ce job de merde, les échantillons annuels gratuits.

Je suis invalide depuis deux semaines maintenant.

Pour la nourriture, le propriétaire de la cantine mobile a accepté de passer quotidiennement me livrer mes deux hot-dogs et mon beigne, mais au double du prix. Il me les lance, lorsque les propriétaires ne sont pas là, jusqu'au deuxième étage, et je n'ai qu'à aller les ramasser, s'ils sont encore mangeables après leur atterrissage dans la poussière du balcon.

Lorsqu'il oublie de passer, je me contente d'une purée de flocons de fausses pommes de terre, une « recette » apprise en Lituanie, quand la pâtée servie à la pension me rebutait vraiment trop. Je ne goûte plus rien. L'odeur de goudron a pris le dessus.

Par la fenêtre ouverte, j'entends des gens s'engueuler (les murs sont en carton et plusieurs groupes de gens, dans le quartier, se crient des bêtises à longueur de journée).

Je n'ose aller leur dire de se la fermer.

Surtout depuis hier.

Comme je dois parfois assouvir certains instincts, je me suis fait surprendre, dans l'après-midi, il faisait chaud… la porte n'était pas barrée… disons… à satisfaire mes besoins naturels… enfin… par mon voisin, le tousseur. Qui s'est aussi avéré être un beugleur, car il n'a pas manqué de le beugler bien fort pour que tout le quartier l'entende.

La vaisselle sale s'accumule. Je n'ai même plus le courage de laver une assiette avant de m'en servir à nouveau.

Je dois me reprendre en main.

J'ai dressé et collé aujourd'hui ma fameuse liste de commandements, sur le mur, au-dessus de la montagne de vaisselle sale :

Tu ne te plaindras point
Tu accepteras ta condition
Tu feras la vaisselle
Tu classeras bien tous tes papiers dans des dossiers
Tu n'écraseras pas les musaraignes avec un mouchoir
Tu mangeras bien sagement tes hot-dogs
Tu profiteras de l'existence
Tu danseras, si possible, nu sur une plage
Tu apprécieras le doux parfum du goudron
Tu n'offriras pas en cadeau de l'équipement d'escalade
bas de gamme
Etc.

Ce seront mes nouvelles règles de vie.

Si tant est qu'on puisse appeler «vie» cette longue anhédonie, qui ferait passer la destinée d'une souche d'arbre pour une folle virée à Monte-Carlo, ou même à Saint-Tropez.

*

C'était une mauvaise idée de faire la vaisselle. Le petit lavabo est maintenant bouché.

C'est quand j'ai voulu évacuer un peu d'eau de vaisselle, Dieu sait comment, le manche d'une casserole est entré dans le trou du trop-plein et a bloqué ladite casserole en travers du petit lavabo. Impossible à dégager.

Il faudrait démonter le comptoir, m'a dit le toussoteux. Mais je suis trop mal en point et n'ai aucune mobilité.

L'évier, depuis, dégage une de ces odeurs…

Un parfum stable, ceci dit.

J'ai découvert que les odeurs corporelles, après une semaine, cessaient d'empirer et se stabilisaient.

Certes, le parfum exhalé n'est pas des plus enivrants. Mais ça n'*empire* pas, contrairement aux autres facettes de ma vie.

Ma vie, oui.

Mais que vaut véritablement la vie?

La lumière et les sons se perpétuent, à l'infini, dans l'Univers. Leurs ondes sont portées jusqu'aux tréfonds de la galaxie, et au-delà. L'éclat d'une fleur, le sourire d'un écureuil.

Même le plus insipide téléroman. *Dallas*, par exemple. Dans le Cosmos, par-delà les étoiles.

*

J'ai passé l'après-midi à nettoyer un dégât : quelques pots de ce fameux miel, acheté en solde, qui me sont tombés des mains dans la cuisine.

Obligé de bouger four et réfrigérateur, avec mes membres dans le plâtre. J'avais dépensé mes dernières ressources, un gros bocal de sous noirs soigneusement roulés, pour acheter ces victuailles, le miel ayant des propriétés extraordinaires, propriétés qui se trouvent maintenant dans les tuyaux de la ville, grâce aux bons soins de l'attraction terrestre.

Je me demande comment celle-ci peut bien s'intéresser à moi.

Est-ce un message ? Une invitation à me jeter en bas d'un pont ?

Les propriétaires de l'appartement qui me louent leur hangar, quant à eux, ne semblent pas s'intéresser à ma personne. Ils ont carrément oublié que j'existais et l'ont fait visiter à un jeune couple. J'ai dû leur expliquer que je demeurais à cet endroit depuis deux mois.

« De toute façon, a dit la femme du couple, jamais je ne vivrais ici, voyons. Plutôt mourir. »

Aujourd'hui, après que le voisin a passé l'avant-midi à frapper sur des clous, le mur séparant mon hangar du sien s'est effondré.

Heureusement, je n'étais pas, cette fois, au téléphone avec la femme à la voix suave du répondeur, ni n'avais les culottes aux genoux, ni les deux à la fois.

Je dois maintenant, temporairement, m'a-t-on promis, partager l'endroit avec le tousseux.

Dans les gravats, la poussière, les assiettes brisées…

Mais ce n'est pas grave.

À vrai dire, je m'en fiche.

Je suis sorti de chez moi le sourire collé au visage.

Parce qu'aujourd'hui, j'ai appris trois bonnes nouvelles.

J'ai été embauché chez un fleuriste.
Il faut bien cultiver son jardin, non?

Je vais quitter mon emploi à l'usine de poison.

Salaire égal. Et plus près de la maison. De ma nouvelle maison. Parce que…

Je déménage.
Encore.

Je vais aller habiter chez ce couple d'amis, Louise et Robert, qui partent s'établir à la campagne et me loueront à prix raisonnable leur bel appartement.

Et la troisième bonne nouvelle ?

On se souvient de l'énorme camion de goudron. Comment l'oublier ?

Eh bien, il n'est plus là !

Oui, les choses peuvent s'arranger dans la vie !

Fini, je ne le reverrai plus, il est parti.

Cette fois c'est la bonne.

Enfin !

Je me promenais tantôt pour régler quelques affaires (oui oui, j'ai des trucs à faire ! ne me manque qu'un porte-documents !) et je me disais tout peut toujours changer, il ne faut jamais désespérer.

Je suis même passé près de la scène d'un accident et je ne me suis pas arrêté. Je n'ai même pas jeté un œil sur les victimes, qui se lamentaient.

Je suis allé chez le nettoyeur, puis chez le fleuriste pour régler les détails de mon embauche et prendre un beau bouquet pour remercier Louise et Robert, chez qui je me suis ensuite dirigé.

Quand soudain, je me suis rendu compte que j'avais encore dans la poche les deux pilules de cyanure.

Dire que deux semaines auparavant, j'avais bien failli les croquer! Maintenant, c'est dans la vie que j'ai envie de croquer!

Je les ai donc solennellement jetées dans un égout, en faisant bien attention de ne pas trébucher. Oui, j'ai encore un peu de difficulté à me déplacer, mais j'ai maintenant de belles béquilles en bois.

Dommage que je ne les ai pas eues avant.

Dommage également que le camion de goudron se soit retrouvé dans cette rue particulière, que j'avais moi-même décidé d'investir, et que je fusse déjà trop avancé, avec mes béquilles, devant la voiture stationnée en double pour que le conducteur du poids lourd me voie et évite de me réduire, comme il l'a fait, à l'état de purée.

Autres romans chez Héliotrope

SÉRIE « K »

Des textes littéraires écrits à la périphérie du roman.
«K» pour Kaléidoscope. Comme dans lire à l'aide
d'un kaléidoscope la densité romanesque du réel.

PREMIERS TITRES

Cynthia Girard, *J'ai percé un trou dans ma tête*
Catherine Mavrikakis, *L'éternité en accéléré*

Achevé d'imprimer le premier jour du mois d'octobre 2010
sur les presses de Transcontinental Gagné.